AF304299

JAROMIR KONECNY

Döner-röschen

ROMAN

Überarbeitete Neuausgabe Januar 2019

© 2019 dp DIGITAL PUBLISHERS GmbH

Made in Stuttgart with ♥
Alle Rechte vorbehalten

Dönerröschen

ISBN 978-3-96087-668-7
E-Book-ISBN 978-3-96087-639-7

Umschlaggestaltung: Miss Ly Design
Unter Verwendung von Abbildungen von
© Ilja Generalov/shutterstock.com,
© Stockforlife/shutterstock.com und
© Roman Samborskyi/shutterstock.com
Korrektorat: Lisa Reim
Satz: dp DIGITAL PUBLISHERS

Dies ist eine überarbeitete Neuausgabe des bereits
2013 bei cbt erschienenen Titels *Dönerröschen*

Über den Autor

Seit Jahren begeistert der in Prag geborene und promovierte Naturwissenschaftler Jaromir Konecny das Publikum bei Poetry Slams sowie auf Kabarett- und Lesebühnen aller Art. Jaromir Konecny, der 1982 in die Bundesrepublik übergesiedelt ist, hat über 100 Poetry Slams gewonnen und wurde zweimal Vizemeister der deutschsprachigen Poetry Slam Meisterschaften. Sein Werk *Doktorspiele* wurde verfilmt und lief 2014 erfolgreich in den deutschen Kinos.

Er ist u. a. Gründer und Gastgeber des Science Kabaretts mit Frank Klötgen, Mitgründer und Gastgeber der Poetry Slam- und Lesebühne „Poetry & Parade" – beides in der Seidlvilla in München. Außerdem ist er Gründer und Moderator des Poetry Slams und der Lach Lounge im UBO 9 in München-Aubing.

Sein letzter Roman heißt *Die unglaublichen Abenteuer des Migranten Němec,* seine neuen Kabarettprogramme: *Krapfen mit Kökölöres* und *Meine Angst vor natürlicher Intelligenz* – ein Wissenschaftskabarett über künstliche Intelligenz und Hirnforschung. Für SciLogs des Spektrum der Wissenschaft schreibt er den Blog *Gehirn & KI.*

Danksagung

Bedanken möchte ich mich bei der wunderbar poetischen türkischen Schauspielerin Funda Ayan für einige wertvolle Tipps, eine tiefgehende Geschichte und zwei schöne Gespräche in Freiburg. Die türkischen Freunde meiner Söhne, Ekrem u. a. waren mir eine Quelle der Inspiration. Jahrelang habe ich mit den Neuperlacher Jungs auf dem Bolzplatz hinterm Krankenhaus gekickt, und das half mir sehr bei der „Kolorierung" dieser Geschichte. Nicht zuletzt gehört mein Dank meinen Jungs Gabriel und Jan. Sie haben das Manuskript vorgelesen bekommen und mir geholfen, nicht zu weit vom Leben abzudriften. Selbstverständlich bin ich für alle eventuellen Fehler und „kulturellen" Missverständnisse im Buch allein verantwortlich. Die genannten Freunde standen immer schön in und zu ihrer Kultur. Sollte ich etwas geschrieben haben, das ihnen missfällt, oder was sie nicht billigen können, möchte ich mich hiermit dafür entschuldigen. Trotzdem hoffe ich, sie nehmen's mir nicht übel, wenn ich lache. Ich möchte nicht über euch lachen, Freunde, ich möchte mit euch lachen. Am liebsten lache ich sowieso über mich selbst. Das Lachen ist wohl das Menschlichste, das uns unsere diversen Götter geschenkt haben.

Neuperlach

Wochenlang packte Anne jedes einzelne Haushaltsstück in eine Luftschutzfolie ein und legte die Dinger vorsichtig in Umzugskartons. „Jetzt fangen wir noch mal ganz von vorne an, Baby", sagte Dok zu Anne, als die Kartons voll waren, und wollte das ganze Zeug zum Sperrmüll fahren. Anne fiel in Ohnmacht, und alles blieb beim Alten. Meine Eltern sind immer so drauf.

Unsere Möbel wollte Dok selbst auseinanderschrauben und sie in der neuen Wohnung wieder zusammenbauen. Schon beim Küchenschrank hat er sich aber den Schraubenzieher so tief in den Unterarm gebohrt, dass er im Krankenhaus genäht werden musste. Dok, meine ich. Nicht der Schrank. Daraufhin hatte Anne eine Umzugsfirma beauftragt. Die vier Russen bauten unsere Möbel in der neuen Wohnung ohne ernsthafte Verletzungen oder Todesfälle auf. Nur unser Schoßhund Napoleon hat unter dem Krempel im Keller meinen alten Teddy gefunden und ihm den

Kopf abgerissen. Was soll's! Mit sechzehn brauchst du keine Teddys mehr.

Am ersten Wochenende der bayerischen Pfingstferien zogen wir von Oberhaching nach Neuperlach. In „das Türkenviertel", wie Anne es nannte. Dok arbeitete jetzt schon seit ein paar Monaten in den Perlacher Einkaufs-Passagen – PEP – als Nachtwächter und hatte hier eine billige Wohnung aufgetrieben.

Gleich am Freitag holte Anne vom PEP eine große Schwarzwälder Kirschtorte. „So, Jungs!", sagte sie zu Dok, mir und unserem Hund Napoleon. „Am Sonntag, wenn alles eingeräumt ist, essen wir die Torte." Klar versuchte Napoleon schon jetzt, sich die Torte zu krallen. Anne hatte sie aber im Kühlschrank eingesperrt. Der ist bei uns wegen Napoleon mit einem Schloss gesichert. Nicht gesicherte Kühlschranktüren knackt Napoleon locker. Unser Schoßhund ist ein militanter Lacto-Vegetarier, der trotz seines kleinen Wuchses gern große Hunde verdrischt. Weil sie Fleisch fressen. Wurst und Schinken ekeln Napoleon an, sogar Knochen! „Fleisch?", knurrt er immer. „Pfui!"

Nur den Osterhasen frisst Napoleon gern, weil der aus Schokolade ist. Gemüse mag Napoleon aber auch nicht. Nur Eis, Schokolade, Erdbeershake und Kuchen. Mehlspeisen liebt unser Hund über alles.

„Napoleon ist nun mal mehr ein Österreicher als ein Hund", sagt Dok.

Wir hatten Napoleon von Tante Lora aus Linz bekommen. Anne meint, diese ganzen Zuckersachen seien ungesund. Aber das stimmt sicher nicht. Von den Süßigkeiten bekommt Napoleon solche Blähungen, dass er ständig in Bewegung bleibt und somit viel

Sport treibt. Wenn Napoleons Düsenantrieb startet, schießt er durchs Wohnzimmer wie eine Rakete, fliegt von Wand zu Wand, steuert mit seinem wedelnden Schwanz und bellt dabei vor Freude.

Jetzt aber, am ersten Wochenende der Pfingstferien, hockte Napoleon aber nur vor dem Kühlschrank in der neuen Wohnung und knurrte uns wegen der eingesperrten Torte beleidigt an.

Leider hatte Dok am Sonntagnachmittag zwei Flaschen Bier kühlen wollen und den Kühlschrank vergessen abzusperren. Kurz darauf lag die Torte in Napoleons Bauch und Napoleon faul in seinem Korb im Badezimmer.

Anne und Dok redeten streng auf Napoleon ein, er glotzte sie aber nur an und ließ hin und wieder behäbig einen fahren. „Was soll dieser Stress wegen etwas Kuchen?", fragte er sich sicher. Bis ihm die Augen zufielen.

Egal! Ich hatte sowieso keinen Bock auf Kuchen. Statt am Sonntagnachmittag Torte zu essen, radelte ich die Gegend ab: Parkplätze und lange Wohnblocks, das Neuperlacher Krankenhaus mit seinem Dach, auf dem Außerirdische landen würden, wie Dok behauptet hatte. Leider entpuppten sich die Raketen der Außerirdischen als Rettungshubschrauber mit Schwerverletzten von der Autobahn.

Keine Villen und Familienhäuser, keine Gärten schmückten die Straßen wie in Oberhaching. Nur Wohnblocks. Gleich hinter dem Krankenhaus und ein paar Wohnblocks, direkt vor dem Wald, lag zum Glück der Bolzplatz. Eins war klar: Auch in Neuperlach wurde gekickt.

Gerade stieg auf dem Bolzplatz ein Spiel der türkischen U-18-Super-Liga. Na ja, die meisten Spieler und Zuschauer waren wohl sechzehn – wie ich. Alle bis auf einen blonden Spieler schienen Türken zu sein. Oder gab's auch blonde Türken?

Sogar einige Fans chillten am Wiesenrand: Jungs und Mädels. Auf dem Feld zweimal sieben Spieler und ein Schiri. Auch ein Sechzehnjähriger. Der chillte aber nicht. Der wurde vom Publikum genervt.

Ein Zuschauer rief: „Beschiktasch!", und der Schiri guckte, als hätte man ihm einen Zahn gezogen. Einige Zuschauer lachten und johlten. Andere schimpften. Leider verstand ich nur Bahnhof. Na ja, nicht ganz. Das Türkisch wurde hin und wieder mit einem deutschen Wort gespickt: „Opfer", „Spast", „Arschloch" und „Sozialamt" zum Beispiel.

Und wieder der Ruf: „Beschiktasch!", und wieder Lachkrämpfe im Publikum. „Beschiktasch" musste eine krasse Beleidigung sein, denn der Schiri brüllte plötzlich auf Deutsch: „Hurensohn!" und ging auf den „Beschiktasch"-Rufer los. Echt!

Mannomann! Nach einem Haching-Spiel wollten die Fans auch schon mal den Schiri verdreschen, aber dass der Schiri die Fans vermöbelte, das war mir neu. Ganz schön originell, die Türken!

Und schon ging auf dem Bolzplatz eine kleine Bud-Spencer-Show ab: Der Schiri jagte den „Beschiktasch"-Rufer ums Feld herum, die Zuschauer, die vorhin gelacht hatten, prügelten die Schimpfenden, und auch die Spieler fingen an, Watschen zu verteilen, ohne Rücksicht auf die Abseitsregelung. Hier fightete sowieso nicht mehr Mannschaft gegen Mannschaft, sondern Schiri-Sympathisanten gegen die andern, egal ob sie aus dem Gegnerteam oder aus dem eigenen waren.

Auch einige Mädchen tobten sich ganz hübsch in der Schlacht aus und boxten wie um den Weltmeistertitel. Großer Sport! Nur der blonde Türke sprintete aus dem Schlachtrudel heraus und raste auf mich zu. Bestimmt will er mir auch eine auf den Rüssel klatschen, dachte ich, doch der Typ hockte sich zu mir, gab mir die Hand und sagte: „Schnauze!"

„Ich hab nix gesagt", sagte ich.

„Hä?", sagte er. „Ich heiße Schnauze!"

„Ein hübscher Name!", sagte ich. „Ich bin Jonas."

Schnauze wischte sich den Schweiß von der Stirn. „Das geht hier jeden Sonntag ab."

„Warum prügeln die sich?", fragte ich, guckte aber weiter der Show auf dem Rasen zu. Ein dickes Mädchen nahm gerade einen der Keeper in den Schwitzkasten.

„Ihr Fußballverein hat verloren", sagte Schnauze. „Türkische Liga."

„Ich hab gedacht, der Typ da hat den Schiri beschimpft", sagte ich. „Was heißt auf Türkisch *Beschiktasch*? Sicher was ganz Übles, oder?"

„Nee! *Beschiktasch* is' eben Fußballverein. Istanbul. *Beschiktasch* hat gestern verloren. Und Schiri is' großer *Beschiktasch*-Fan."

„Ach, so", sagte ich. „Die haben sich über den Schiri lustig gemacht?"

„Idioten!", sagte Schnauze. „*Beschiktasch* is' super. Hatte jetzt nur bissl Pech."

„Bist du auch *Beschiktasch*-Fan?", fragte ich.

„Klar!"

„Und warum prügelst du dich nicht?"

„Bin Pazifist! Bisdu neu hier, oder?", fragte er. „Gehsdu noch Schule?"

Mann! Schnauze redete so, dass mein alter Deutschlehrer in Oberhaching davon Hirngrippe kriegen würde. „Ja", sagte ich. „Hast du auch Ferien?" Echt komisch, dass es auch ganz blonde und hellhäutige Türken gab wie ihn.

„Ich hab ganz Jahr Ferien, Alta", sagte er. „Du gehst Gymnasium, oder? Ich war Hauptschule."

„Machst du jetzt 'ne Lehre?"

Schnauze grinste. „Ich weiß schon alles", sagte er und guckte zum Schlachtfeld. Die Show auf dem Fußballfeld ebbte langsam ab, die Türken gingen auseinander. Manche der Streithähne lagen sich jetzt in den Armen und schütteten sich gegenseitig weinend ihre Herzen aus. Die Mädchen versorgten die Verletzten. *Beschiktasch!*

„Für uns Türken is' Fußball Gott!", sagte Schnauze. „Dein Verein – dein Heim!" Also doch ein Türke. Ein Blonder! Zumindest schlägerte er sich aber nicht wegen irgendwelchen bescheuerten Fußballvereinen.

Schnauze holte seinen Rucksack, der ein Stück weiter auf dem Feldrand lag, und schnürte seine Fußballschuhe auf. „Geh'ma morgen PEP?", fragte er. „Klar", sagte ich. Im PEP, den Perlacher Einkaufspassagen, war ich schon mal gewesen, als ich Dok bei seinem Nachtwächterjob besucht hatte.

Jonas und der Fisch

„Fisch ist gesund, Jonas!", sagte Anne am Montag in der Wohnungstür. Manchmal ist sie unfreiwillig komisch: Klar war der Fisch gesund für Jonas gewesen. Für den biblischen, meine ich, meinen Namensgeber. Sonst hätte Jonas nicht im Bauch des Fisches überlebt.

Schnauze grinste uns von der Treppe an. Napoleon lief aus der Wohnung heraus auf Schnauze zu, machte zweimal „Wau!", um ihm Todesangst einzujagen, und trottete zwischen Annes Füßen wieder hinein. Anne steckte mir einen Zehner in die Hand und versuchte, mir auf die Backe einen Abschiedskuss zu kleben.

„Hi, hi, hi!", kicherte Schnauze hinter mir. Anne machte die Wohnungstür zu, wir liefen die Treppe runter. „Meine Anne will mich auch ständig ablecken, Alta!", sagte Schnauze.

„Heißt deine Mutter auch Anne?"

„Bisdu dumm, Lan? ... Nee! ... Früher hat mir Busseln nix ausgemacht ... jetzt aba ..."

„Das ist normal!", sagte ich. „So ab zwölf Jahren kannst du deine Mutter nicht mehr riechen."

„Echt? Wieso?"

„Das hat die Natur so eingerichtet. Damit es nicht zur Unzucht kommt ... also wenn Jungs mit ihren Müttern poppen!"

„Eeeh ... krass eklig, Alta!"

„Sag ich ja!"

„Hasdus Glotze gehört?"

„Ne! Von Dok! Der hat's in 'nem Buch über das Verhalten von Frauen gelesen!"

„Wer is' denn Dok?"

„Mein Vater!"

„Ey, Mann! Wieso liest der so Scheiß so?"

„Er will meine Mutter besser verstehen!"

„Warum? Spinnt der?"

Im Erdgeschoss steckte der kleine Emre seinen Kopf aus der Wohnungstür. Den hatte ich schon vorgestern kennengelernt, als ich ein paar Sachen in den Keller geräumt hatte. Jetzt guckte uns Emre böse an:

„Haltet die Fressen, Wichser, isch übe!" Er schlug die Tür wieder zu. Doch das Türholz konnte nicht die Metalbeats dämpfen, die aus Emres Wohnung dröhnten. Trotzdem hörten sich die Beats harmlos an – im Vergleich mit Emres Begleit-Rap:

„Isch bin der Hengst vom Block, der Hengst,
meine Faust kommt schneller als du denkst,
oh, Baby Bitch, mach aus das Lischt,
isch ändere misch nischt!"

Schnauze trommelte an die Tür, Emre hörte auf zu rappen. Die Tür ging wieder auf, einen Spalt breit, sodass nur Emres Nase herauslugte. „Was is'n, ihr Opfer?"

„Wie heißt dein Label, Emre?", fragte Schnauze.

„*Rapproduction*", sagte Emre.

„Respekt", sagte Schnauze.

„Wie alt ist der Kleine?", fragte ich vorm Haus.

„Emre?", sagte Schnauze. „Acht."

„Krass!", sagte ich.

„Geh'ma PEP?"

☪

Das PEP hockte vor uns wie die Henne auf ihren Eiern. „Magst du auch Fisch essen?", fragte ich.

„Nee!", sagte Schnauze. „Besser vegetarisch. Sons disst mich Elke."

„He?"

„Meine Mudda!"

Ich seufzte. „Alles klar!" Mann! Schnauzes Mutter hieß Elke? Voll deutsch für eine Türkin, oder?

Schnauze zeigte zur Döner-Bude am Parkplatz. „Ich hol mir was drüben."

„'nen Gemüse-Döner?"

„Nee! Mit Kalb!"

„Kalb ist doch nicht vegetarisch!"

„Doch! Kalb frisst Gras!"

„Blödsinn!"

„In Döner is' viel Knoblauch drin. Wenn meine Mudda meine Knoblauch-Fahne riecht, is' sie voll zufrieden."

„Meine Mutter hasst Knoblauch!", sagte ich.

„Wieso denn?"

„Knoblauch stinkt. Anne ist ein Feingeist!"

„Dann solltest du keine Türkin anbaggern, Alta! In Klein-Istanbul gibt's aba wenig andere Perlhühner."

„Klein-Istanbul?"

„Na, hier bei uns so Neuperlach so!"

„Aha!"

„Mann, Alta, du checkst auch gar nix!", sagte Schnauze. „Warsdu Hauptschüler oder ich?"

„Eeeh ..."

„Döner macht schöner!", sagte Schnauze. „Wegen Mädchen hier und so ess' ich nur noch Knoblauch so. Komm schon, Alta. Deine Anne steck' dich nicht Heim wegen bissl Knoblauch! Is' doch selber Türkin!"

„Türkin? Meine Mutter? Wie kommst du denn darauf? Die Familie meiner Mutter stammt aus Ingolstadt."

Schnauze lachte. „Heißt sie echt Anne?"

„Eigentlich heißt meine Mutter Linda", sagte ich. „Aber ich sage schon seit meiner Kindheit Anne zu ihr."

„Warum denn?"

„Keine Ahnung! Vielleicht war Anne mal ihr Künstlername. Als Geigerin meine ich. Alle guten Geigerinnen heißen Anne. Wo kommen eigentlich deine Alten her?"

„Na, aus Franken", sagte Schnauze.

„Echt? Du hast doch gesagt, dass du Türke bist ..."

„Schau nicht in die Vergangenheit, Alta! Schau in die Zukunft!"

„Cooler Spruch."

„Is' vom indischen Guru."

„Und warum ..." Ich stutzte. Ach, egal, ich musste es ihn fragen: „Und warum redest du wie ein Türke, Mann, wenn deine Alten Franken sind?"

„Ich muss mich hier in Klein-Istanbul integrieren, Alta!", sagte Schnauze. „Hasdus nicht Glotze gehört? Integration is' voll wichtig!" Er bretterte davon. Tja, da hatte er nicht Unrecht. Wenn über den EU-Türkeibeitritt nur in Neuperlach abgestimmt werden sollte, wäre die Türkei wohl schon längst drin.

„Neuperlach ist das demokratischste Viertel in München", hatte mal Dok gesagt. „Alle wählen Erdogan!" Gleich kicherte er. Anne hatte damals nur die Augen verdreht.

Ich würde mich hier in Neuperlach nie integrieren, weil ich wegen meiner Mutter keinen Knoblauch essen durfte. Warum hatte Schnauze aber gemeint, dass meine Anne Türkin ist? War schon komisch, der Typ, oder?

In der NORDSEE war nur ein Tisch frei. Neben zwei ... hi, hi, hi ... Perlhühnern. Die weniger Hübsche glänzte wie ein neuer Mercedes – frisch lackiert. Wohl heute alle Haarspraydosen im Badezimmer leer gesprüht, Baby?

Die Hübschere steckte in einer roten Adidas-Hose, einem weißen T-Shirt ohne Ärmel und Nike-Joggingschuhen. Sah verschwitzt aus. Hey! Heute schon joggen gewesen? Auf einmal starrte sie mich an. Ein paar Sekunden lang. Als wäre hier in der NORD-SEE ein Pinguin aufgetaucht. Und nicht nur auf dem Teller.

Mannomann! Was für ein Blick! Scharf wie das Laserschwert von Luke Skywalker! Sie machte ihren Mund auf, dann wieder zu und zuckte ihren Blick weg. Uff! Sie lächelte ihre Freundin voll an, mit breitem Mund, und schob sich Haarsträhnen aus der Stirn.

Und plötzlich machte es KLICK in meinem Kopf: Ein Hintergrundprogramm hatte sich eingeschaltet, doch welches? Ich kam nicht drauf. Mann! Dieses Haar! Hatte ich das nicht schon mal irgendwo gesehen? Glatt und schulterlang, dunkelbraune Strähnen, die mal ins Schwarze stachen und mal ins Rote, je nachdem wie das Licht auf das Haar fiel.

Sie pickte mit ihrer Gabel in einem Schollenfilet rum, als wollte sie den Fisch tätowieren, und tunkte dabei die Spitze ihres Haars in die Remouladensoße. Schwarz-weiß! Ganz klar Türkinnen. Was sonst? Aus Knoblauchgründen nichts für mich.

Ich scannte die Preise über der Theke, holte Annes Zehner aus der Arschtasche der Jeans und hockte mich mit meinem Seelachs an den leeren Tisch neben den beiden. „Hallo Süßer!", rief die Spraydose, versteckte ihre Nase aber gleich wieder zwischen ihren Fritten. Die Hübsche kicherte.

„Hi, Perlhühner!", sagte ich, aber nur virtuell. In Wirklichkeit sagte ich gar nichts und kümmerte mich nur um meinen Fisch, bevor er wegschwimmen konnte.

Die Hübsche flüsterte etwas. Was hat sie gesagt? Dass sie mich kennt? Blödsinn. Habe die Schnitte noch nie gesehen.

„Der ist doch noch nicht mal fünfzehn!", sagte ihre Freundin.

Blöde Kuh! „Ich bin schon sechzehn!", sagte ich.

„Von dir reden wir nicht!", sagte sie. Ach so. Darauf fiel mir nichts mehr ein. Obwohl ich an krassen Sprüchen arbeiten wollte. „Gegen eine Nervensäge ist ein guter Spruch besser als ein Tritt in den Arsch!", sagt Dok.

Statt Sprüche zu klopfen, folterte ich aber jetzt mit der Gabel und dem Messer weiter meinen Seelachs. Plötzlich bebte mein Teller. Eine türkische Oma mit Kopftuch hatte sich mir gegenüber gehockt, meinen Tisch gepackt und ihn zu sich gezogen. Ohne „Hallo" zu sagen.

„Mahlzeit!", sagte ich, aber auch das kümmerte die Oma wenig. An die Tischkante hatte sie einen brutalen Regenschirm gelehnt, obwohl es seit Wochen nicht geregnet hatte. Die Alte traute dem NORDSEE-Wetter wohl nicht.

Ich ruckelte mit meinem Stuhl dem Tisch nach und beugte mich über den Teller. Die Mädels am Nebentisch fingen wieder an zu kichern. Warum? Wegen meinen Bratkartoffeln? Die schauten aus wie Steinkohle. Aber wenn Anne gemeint hatte, dass das gesund sei ... warum nicht?

Plötzlich wieder ein Erdbeben. Die türkische Oma hatte mir die Tischkante in den Bauch geschoben, stand auf und trippelte zur Theke. Den Regenschirm nahm sie mit. Wohl um sich eine Serviette zu holen. Warum sie statt dem Stuhl den Tisch ständig verrücken musste? Kein technischer Typ, die Alte. Zum

Glück hatte ich schon alle Gräten abgeknabbert. Nichts wie weg hier!

Ich stand auf. Wieder das Gekicher neben mir. „Du hast eine Serviette am Hintern!", sagte die Hübsche.

„Das ist keine Serviette, Sibel!", sagte die andere. „Das ist Klopapier!" Sibel gackerte wieder. Könnte glatt einen Job als Lachpublikum bei Pro7 bekommen.

Ich verrenkte den Hals und guckte nach hinten. Echt. Von meinem Arsch hing eine Serviette runter. Mit Remoulade an meine Jeans geklebt. „Danke!", sagte ich, zog die Serviette weg, grinste die Suleikas an und griff nach meinem Teller.

„Hirsiz!", brüllte die Oma, das war wohl Türkisch. Meinte sie mich? Ich schaute zu ihr und dann runter. Ups! Vor lauter Stress mit den zwei Scheherazaden am Nebentisch hatte ich mir den Teller der Alten gekrallt. Schnell legte ich ihn wieder zurück.

„Sorry!!!", murmelte ich, nahm meinen Teller und lief zum Abstellwagen.

„Hirsiz!", kreischte die Hexe noch mal. Ich überlegte, ob „hirsiz" auf Deutsch „Dieb" hieß, aber nicht lange. Denn gleich stieg hier Ekschn, und mir wurde klar, wozu sie den Regenschirm im Sommer brauchte. Als Waffe!

„Hirsiz!", brüllte sie noch mal und prügelte mich mit dem Regenschirm aus der NORDSEE. Die Mädchen hinter mir schüttelten vor lauter Lachen ihre Bäuche wie beim Bauchtanz.

Zum Glück ging der Regenschirm am Ausgang plötzlich auf wie ein Fallschirm – ich war gerettet! Die Hexe hörte auf, mich zu schlagen, klappte das Ding zusammen und kehrte zu ihrem Fisch zurück. Wahnsinn!

Krass die Alte, oder? Wenn alle türkischen Omas so brutal drauf waren, dann war's in Neuperlach lebensgefährlich. Oder stand auf Fischraub in der Türkei die Todesstrafe?

Zum Glück ahnte ich da noch nicht, welchen Kampf ich mir mit einer türkischen Oma noch liefern würde. In der NORDSEE durfte ich mich in den nächsten Wochen auf jeden Fall nicht blicken lassen. Hier war ich jetzt hinreichend bekannt. Gott sei Dank schob Dok im Einkaufszentrum nur Nachtschichten. Wäre er jetzt da gewesen, hätte er seinen Sohn wegen Mundraub festnehmen müssen.

Plastiktiere

Schnauze hockte auf der Bank in der Einkaufspassage gegenüber der Traublinger-Bäckerei und kaute an den Resten seines Döners. „Mann! Der neue Gerät von dem Typ in Dönerbude is' voll High-Tech."

„Das heißt DAS Gerät: das Radio, das Auto, das Gerät!"

„Alta, du musst Deutsch lernen", sagte Schnauze. „Der Gerät is' nich' das Auto oda das Radio. Der Gerät is' das geile elektrische Messer zum Dönerschneiden. Kapito?"

„Ach so!", sagte ich. „Das Gerät zum Dönerschneiden heißt der Gerät!"

„Genauso is's, Mann!"

„Das muss ich meinem Vater sagen", sagte ich. „Der mag solche Sachen!"

„Was macht dein Alta?"

„Äaaah ... er ist nur Nachtwächter im PEP!"

„Geil!"

„Geil?"

„Klar! Da kannste die andern herumkommandieren … kann man mit Hauptschulabschluss Nachtwächter machen?“

„Sicher! Solche Jobs bekommst du aber erst ab achtzehn, oder?“

„Muss mal deinen Vater fragen.“

„Hmm“, sagte ich, kriegte aber gleich die Panik. Dok war echt irre. Den sollte keiner meiner neuen Freunde hier jemals kennenlernen. Die Türken schon überhaupt nicht. Sonst war ich hier erledigt. Die Türken haben doch eine ganz andere Kultur als Dok. Na ja, jeder hat eine andere Kultur als mein Vater.

„Zwei Jahre krieg ich schon irgendwie rum“, sagte Schnauze. „Hab Moneten genug. Soll ich uns was zum Trinken holen?“

„Spezi wäre super!“, sagte ich. Schnauze bretterte zu *vinzenzmurr*. Mann! Schnauze war der erste Jugendliche, der meinte, genug Geld zu haben. Blödsinn! Kein Jugendlicher hat genug Geld. Sonst würde er es ja sofort ausgeben und dann wieder nicht genug haben, oder?

Schnauze tauchte wieder auf und reichte mir meine Spezi. Krass cremig, das Leben im PEP, oder? Wir chillten auf der Bank und guckten uns die vorbeilaufenden Models aus dem Supermarkt an. „Hätte mir besser etwas bei McDonald's zum Essen kaufen sollen“, sagte ich.

„Meggi muss nich' immer sein“, sagte Schnauze. „Ich häng dort Tag und Nacht rum.“

Auf einmal hob Schnauze die Hand und klatschte einen Dunkelhaarigen ab. „Naber, Danis!“

Auch das Gesicht des dunklen Typen kam mir bekannt vor. Ein kleines Déjà-vu versuchte sich bei mir einzuschleichen – wie bei der Türkin im NORDSEE. Woher sollte ich den Typen aber kennen? Wohl ein Trugbild! Wieder eins von diesen komischen Bildern, die in der letzten Zeit in meinem Kopf auftauchten.

„Selam, Schnauze!"

„Sers!", sagte ich.

„Na, was geht in Perlach, Danis", fragte Schnauze. Wollte mir wohl auf die feine Art mitteilen, wo der Checker herkam.

„Dich kenn ich doch, oder?", fragte mich Danis.

„Kann sein!", sagte ich. „Meine Tante hat in Perlach gewohnt. Bis sie gestorben ist, war ich oft bei ihr. Meine Mutter hat damals Konzerte gegeben, und mein Vater war mit ihr viel unterwegs."

Hmm ... komisch! Meine Tante war gestorben, als ich zehn gewesen war, das hatte Anne mal gesagt, aber ich konnte mich an meine Zeiten bei der Tante überhaupt nicht erinnern, nicht einmal wie meine Tante ausgesehen hatte. Nur dass ich oft bei ihr gewesen bin. Oder hatte mir das auch Anne gesagt?

Plötzlich leuchtete etwas in meinem Kopf auf. Ich guckte Danis in die Augen, auf einmal stand die Szene so in meiner Erinnerung, als hätte sie sich gestern abgespielt.

„Ich erinnere mich, dass ich mich an einem Bach mit einem türkischen Jungen geprügelt habe!", sagte ich. „Wir spielten Indianer, und er wollte, dass ich Nscho-Tschi bin."

„Das war ich", sagte Danis.

„Nscho-Tschi?", fragte Schnauze.

„Nee, der Türke!", sagte Danis.

„Cool!", sagte ich.

„Macht's gut!"

„Du musst nicht davonlaufen", sagte ich. „Ich spiele keine Indianer mehr. Du kannst ruhig Winnetou bleiben. Oder von mir aus auch Old Shatterhand."

„Ich muss schnell ins *Kaufland* und dann in meinen Schachverein."

„Schachverein?", fragte Schnauze. „Bisdu krank, Lan?"

„Schach ist gut fürs Hirn!"

„Wozu brauchsdu Hirn?"

„Bis dann!"

„Klar!" Danis latschte Richtung *Kaufland*. Komisches Land, Neuperlach, oder? Hier redeten Franken wie Türken und Türken gutes Deutsch.

„Spielsdu Schach?", fragte mich Schnauze.

„Hab damit aufgehört!", sagte ich. „Napoleon hat die Dame gefressen. Er frisst alles, was süß ausschaut."

„Euer Hund? Hat er Dame nicht wieder rausgeschissen?"

„Keine Spur! Zwei Tage lang haben wir sein Kacken bewacht, aber die Dame ist nie wieder aufgetaucht. Hey! Hätte echt Lust, wieder mal Schach zu spielen. Vielleicht gibt's im *Obletter* Magnetschach? Das könnte ich mit meinem Vater im Auto zocken, wenn Anne fährt."

„Ja! Und wenn Napoleon wieder Dame frisst, is' er dann voll magnetisch und ihr braucht keine Leine für Hund. Du kannst doch auf Handy Schach zocken, Mann!"

„Eeeh ... hab nur so 'n altes Samsung. Speicher voll!"

„Echt?", sagte Schnauze. „Hasdu kein iPhone, Mann?"

„Neee!"

„Du arme Sau!" Hä? Das gibt's doch nicht! Hatte der Typ echt so viel Kohle, wie er mir weiszumachen versuchte? Sicher nicht, oder? Wer hatte schon Geld in Neuperlach?

„Is' dein Hund Facebook?", fragte Schnauze. „Könnte ihm Freundschaft anbieten."

„Spinnst du? Ein Hund bei Facebook."

„Jeder coole Hund is' bei Facebook."

„Ich tummle mich eher bei Instagram!"

„Für Hunde is' Facebook besser", sagte Schnauze. „Dort sind voll die Alten unterwegs. Die mögen Hunde. Und Katzen auch!"

„Hmm." Ich stand auf. „Kommst du mit zu *Obletter*?"

„Obletta?", fragte Schnauze. „Nee! Muss heim Blumen gießen. Geh'ma Donnerstag Bolzi?"

„Klar! Heute gehst du nicht kicken?"

„Meine Mutter hat frei genommen und will Franken fahren. Zu Oma!"

„Und wie redest du bei deiner Oma? Auch Neuperlach-Deutsch?"

„Wemmä frängisch redn koo, dann red i frängisch. Hinnerwidder."

Vor Schock soff ich die Spezi auf ex. Mannomann! Schnauze war ein waschechter Franke! Und er konnte noch andere Sprachen als Neuperlachisch.

„Alles klar, Alta?" Schnauze haute mir auf die Schulter. „Nicht traurig sein! Donnerstag sind wir zurück. Vor Kicken kann ich dir ZOO hier zeigen."

„Gibt's hier einen ZOO?"

„Logisch! Donnerstagmittag hier?"
„Passt!"
„Check die Wurst, Alta!"
„Heißt das nicht, ‚check die Nudel'?"
„Bin kein Vegetarier mehr."
„Ach so ... bis Donnerstag!"

☪

Ich trollte zwischen den Regalen im *Obletter*. Ist Spielzeug nicht geil? Oida! Das da hatte ich doch als Kind gehabt, oder? Ein Bauernhaus aus Plastik mit Fensterchen. Nur viel größer als mein altes Häuschen.

Ich schaute mich vorsichtig um, ob mich nicht jemand beobachtete, ging in die Hocke und drückte eine Taste. Ein Fensterchen ging auf. Ein Plastikhund steckte seine Schnauze heraus: „Wau, wau!" Super! Im Haus wohnten zwölf Tiere. Ich ließ sie bellen und wiehern, bis die Scheune bebte.

„Miau!"

„He, he, he!" Na, was haben wir da noch? Dich hab ich noch nicht gedrückt, Tierchen!

„Muh!" Geil!

Bevor ich die Taste mit dem Hahn anging, war mir ein lautes „Kikeriki" herausgerutscht. Und plötzlich hörte ich im Rücken eine Mädchenstimme: „Und wie macht das Schweinchen, Joschi?"

„Grunz grunz ...", machte eine andere Mädchenstimme hinter mir. Ich drehte mich um und guckte hoch. Klar! Die zwei Kasperljennys von der NORDSEE! Und schon krümmten sie sich mal wieder vor Lachen. Scheißeee!

Jetzt ging's nur noch drum, das Gesicht zu wahren. Wenn sich in Neuperlach rumsprach, dass ich auf Plastiktiere abfuhr, war ich an meinem neuen Wohnort erledigt. Das wäre noch schlimmer, als wenn die Leute hier meinen Vater kennenlernten.

Ich packte das Plastikbauernhaus, stand auf und sagte: „Das ist ein Geschenk für meinen kleinen Bruder!"

„Schade", sagte Sibel. „Und ich habe schon gedacht, das wäre für dich. Ich mag Jungs, die gern spielen." Ihre Freundin gackerte wie ein Gänserudel. Ich trabte mit dem Plastikhaus zur Kasse.

„Der Typ hat mich tatsächlich vergessen!", sagte Sibel hinter meinem Rücken. „So ein Egoist!"

Wohl laberte sie wieder über denselben Jungen wie in der NORDSEE. War auch gut so, dass sie mich aus ihren Spielchen rausließen – an diesen Lachtussen hatte ich echt kein Interesse. Sicher futterten sie eine Knoblauchknolle nach der anderen.

„Bist du schon achtzehn?", fragte die junge türkische Verkäuferin an der Kasse, als sie das Hard-Core-Spielzeug sah, und wieherte auch vor Lachen. Mann, eh! Bin ich Jim Carrey, oder was? Stehen alle türkischen Mädels auf Comedy? Reißen die alle den Mund so breit auf? Und warum tragen die keine Kopftücher, verdammt?

48 Euro kostete das Ding! Heftig! Ich blätterte der Verkäuferin mein ganzes Geld hin und trottete mit dem Schmarrn aus dem Laden. Für Magnetschach musste ich wohl wieder sparen und bis dahin Schach gegen den Computer spielen.

Erst als ich draußen war, fiel mir ein, dass ich mir das Ding nicht in eine große Plastiktüte hatte packen lassen. Blöd. Na ja, die zwei Lustigen waren noch im *Obletter*. Vielleicht schaffte ich's nach Hause, ohne dass mich ein Bekannter mit dem Babyspielzeug erwischen würde. Ich kannte hier ja keinen.

„Und was ist das?", fragte Danis in der Einkaufspassage und zeigte auf das Tierhäuschen. Er latschte gerade vom *Kaufland* zurück. Zum PEP-Haupteingang.

„Äääh ... ich wollte mir Schach kaufen", sagte ich.

„Und hast dir statt Schach was voll Cooles gekauft, oder?", sagte Danis und guckte das Plastikhaus mit den Tieren an. Wenn er jetzt zu mir Nscho-Tschi sagte, würde ich ihn in die Plastikscheune quetschen.

„Das ist ein Geschenk für meinen kleinen Bruder", sagte ich.

„Du solltest deinem Bruder ein Auto kaufen", sagte Danis. „Oder eine Knarre! Mit Tieren spielen doch nur Mädchen."

„Wie mit den Pferden beim Schach, oder?" Zugegeben: Der Spruch war kein echter Bringer.

„Das war nur Spaß mit dem Schach", sagte Danis. „Ich würde doch nicht Schach in einem Verein spielen. Bin doch nicht bescheuert. Heute kicke ich sowieso. Kommst du mit?"

„Prügelt ihr euch eigentlich immer nach dem Spiel?"

„Hä?"

„Gestern auf dem Bolzplatz hat der türkische Schiri einen türkischen Zuschauer verdroschen."

„Auch beim Fußball geht's um die Ehre, Mann! Wir spielen heute aber ohne Schiri."

„Super! Wo?"

„An der Putzbrunner Straße. Auf dem Rasen beim Pfanzeltplatz.“

„Wann spielt ihr?“

„Um fünf!“

„Bis dann!“

„Sers!“

Erst jetzt fiel mir wieder ein, dass Sibel im *Obletter* „Joschi“ gesagt hatte. Meinen Kindernamen, mit dem ich seit ’ner halben Ewigkeit nicht mehr angesprochen wurde. Das hab ich mir schon vor Jahren bei Anne und Dok erkämpft. Ach, Blödsinn! Sicher hatte ich mich verhört. Woher sollte die Frau meinen Kindernamen kennen?

Superman

„Bisdu schwul?", fragte mich der achtjährige Emre von seinem Küchenfenster im Erdgeschoß, als ich vor unserm Haus nach meinem Schlüssel suchte. Er zeigte auf das Plastikbauernhaus in meiner Hand. Was hatten die Türken gegen Tiere, verdammt?

„Das ist mein Weihnachtsgeschenk für dich", sagte ich. „Du spielst doch gern mit solchen Sachen."

„Nee", sagte der Knirps. „Ich poppe lieber!"

☪

„Was ist das?", fragte Anne und zeigte auf das Plastikhäuschen.

„Ich muss für die Schule Tierstimmen lernen!", sagte ich. Meiner Mutter konnte ich nicht mit meinem kleinen Bruder kommen. Sie war extrem schlau und wusste, dass ich keinen Bruder hatte.

Ich schlug die Tür hinter mir zu. Uff! Endlich konnte ich in Ruhe mit meinen Tieren zocken. Kurz darauf geigten krasse Töne eine falsche Melodie dazu. Ah, meine Ex-Mitschülerin aus Oberhaching Lena nahm wieder bei Anne Unterricht! Die würde das Geigen wohl nie lernen.

Zum Glück hatte ich schon vor Jahren meiner Mutter hinreichend bewiesen, dass ich als Geigenspieler eine super Niete war. Plötzlich kam mir Schnauze in den Kopf. Und seine Frage, ob unser Hund Napoleon bei Facebook sei. Ich lief mit meinem Handy in Doks Zimmer. Dort versteckte sich Napoleon immer, wenn Anne Geigenunterricht gab.

Jetzt lag er mit Ohrstöpseln unter ... eeh, sorry ... die Ohrstöpsel hab ich mir jetzt ausgedacht. Napoleon lag unter der Fensterbank und wedelte glücklich mit dem Schwanz, weil ich ihn besuchte. Als er merkte, dass ich mit dem Handy auf ihn zielte, schmiss er sofort Posen wie ein Model. Napoleon ist sehr fotogen.

Ich schoss ihm ein paar Profilfotos, lief in mein Zimmer zurück und meldete Napoleon bei Facebook und Instagram an. Als „Napoleon Hund" – weil Facebook nur „Napoleon" nicht nehmen wollte. So! Jetzt hatte unser Schoßhund endlich ein Profil in den sozialen Netzwerken: *Interessen: Eis, Kuchen, Tiramisu.*

☪

„Jonas!", rief Anne aus der Küche.

„Ja?"

„Isst du mit uns ein Stück Kuchen?" Napoleon drängte sich an meiner Wade vorbei in die Küche, quietschte vor Freude und wedelte mit dem Schwanz. Wenn unser Hund das Wort Kuchen aufschnappt, ist er nicht zu halten. Wie gesagt schmecken Knochen Napoleon überhaupt nicht. Vielleicht ist der Hund deswegen so klein geblieben.

„Hi, Lena!"

„Hallo, Jonas!"

Auf dem Tisch lag ein großer Teller mit Apfelstrudel, in der Küche roch es wie in der Konditorei. Mhmm.

„Du kriegst keinen Kuchen, Napoleon!", sagte Anne. „Du hast dir schon nach dem Mittagessen die Zähne geputzt."

Lena runzelte die Stirn. „Ihr Hund putzt sich die Zähne?"

„Ja!", sagte Anne. „Dreimal am Tag!"

„Öfter als ich!", sagte ich.

Lena riss die Augen auf. „Aber wie hält der Hund denn die Zahnbürste?"

Anne lächelte. „Ich helfe ihm." Napoleon verschwand aus ihrer Sicht. „Ja, brav", sagte sie. „Leg dich unter den Tisch!" Doch Napoleon plante schon den Angriff. Vor Annes Blick versteckt, hatte er sich den Plastikhocker zum Stuhl geschoben, den Anne benutzt, um das obere Schrankfach zu erreichen, und versuchte auf den Stuhl zu klettern. Von dort war es nur noch ein kleines Stück auf den Tisch.

Wenn es um Kuchen ging scheute Napoleon keine Schlacht. Um einen Kuchen zu erobern, würde Napoleon die Welt in Schutt und Asche legen. Bei seinem Aufstieg wimmerte er leise, damit Anne ihn an der anderen Tischseite nicht hörte, wahrscheinlich sagte er gerade so was wie:

„Scheiß auf die Zähne, Mann!" Mich beachtete der Hund nicht. Wir hatten eine Abmachung, uns gegenseitig nicht zu verpfeifen.

„Den hat Lena selbst gebacken!", sagte Anne und zeigte auf den Apfelstrudel.

Lena wurde rot wie ein Bayern-Trikot. „Den hat meine Mama gebacken!", sagte sie.

„Aber sicher hast du ihr geholfen, oder?"

„Nee!", sagte Lena. Mannomann. Manchmal ist meine Mutter voll peinlich. Die Erwachsenen haben keine Ahnung, wie man mit Leuten umgeht. Haben die das nicht in der Schule gelernt? He, he …

Napoleon hockte schon auf dem Stuhl, schlau wie er war, bückte er sich aber unter die Tischkante, damit Anne ihn nicht bemerkte. Wie ein Tiger machte er sich bereit zum Sprung. Dabei warf er mir bettelnde Blicke zu: „Mann! Schnauze halten! Wir sind doch Freunde, oder?"

„Wie …" Mehr schaffte Anne nicht mehr zu fragen, weil Napoleon gerade in diesem Moment auf den Tisch und zum Kuchen schoss, sodass er auf dem Wachstuch ins Schleudern kam und einen doppelten Rittberger wie ein Eiskunstläufer hinlegen musste, um nicht vom Tisch zu fliegen. Gleich stand Napoleon aber wieder fest auf seinen Pfoten. Am nächsten lag mein Stück Apfelstrudel, klar konnte Napoleon seinem Verbündeten keinen Kuchen rauben, also stürzte er sich auf den Zweitnächsten: Den von Lena.

„Napoleon!", kreischte Anne, sprang auf und wollte eingreifen.

„Lassen Sie ihn!", rief Lena. „Der ist ja so süß!"

„Der Hund oder der Kuchen?", fragte ich. Schnauze hatte einen guten Einfluss auf mich. So was hätte ich früher nie gesagt.

Anne seufzte, setzte sich wieder hin, zog den Teller mit dem restlichen Apfelstrudel zu sich und umarmte ihn wie ein Baby. Napoleon mampfte mit vollem Maul Lenas Stück. Ruckzuck hat er den Strudel verputzt, machte ein glückliches „Wau-Wau" und hüpfte vom Tisch runter.

Anne brachte einen frischen Teller für Lena. Um sich für das gute Essen zu bedanken, ließ Napoleon einen fahren, sodass Anne die Puste wegblieb, und trottete aus der Küche. Anne schüttelte den Kopf. „Von wem hat der Hund nur seine Manieren?" Sie wusste aber zu gut von wem.

„Wie läuft's mit dem Kicken?", fragte ich Lena. Sie spielt Frauenfußball bei Haching. Doch der Fußball geht mit der Geige irgendwie nicht zusammen. Als Geigerin ist Lena sowieso voll der Versager. Trotzdem schwingt sie weiter den Bogen. Schon seit Jahren gibt Anne ihr Unterricht. Jetzt muss Lena aber zu uns nach Neuperlach kommen.

„Gut", sagte Lena. „Bei euch im Verein auch alles klar?"

„Äääh …"

„Jonas hat sich bei seinem Verein abgemeldet", sagte Anne. Manchmal denkt sie, ich hätte noch nicht sprechen gelernt.

„Warum denn?", fragte Lena.

„Äääh …"

„Jonas hat mit seinem Trainer gestritten."

„Echt? Du hast mit deinem Trainer gestritten?" Lena guckte mich voller Bewunderung an. In Haching herrscht ja Drill pur. Der beste Verein hier in der Gegend. Da müssen sich auch die Frauen sputen: Spielen und Maul halten!

„Quatsch!", sagte ich. „Wir sind umgezogen. Ich will nicht so weit zum Training fahren. Vielleicht fange ich nach den Ferien bei Neuperlach an."

„Die treten wie die Schweine", sagte Lena und jagte damit etwas Röte in Annes Gesicht. Meine Mutter ist ein feiner Mensch und somit hier in Neuperlach etwas fehl am Platz.

Jetzt seufzte sie wieder: „Wir hätten nicht nach Neuperlach ziehen sollen. Viele von den Ausländern hier sind kriminell ... das ist kein gutes Viertel. Sicher werden hier Drogen verkauft. Und die ... die Türken haben eine ganz andere Kultur als wir. Schon der kleine Emre von unten redet wie ein Verbrecher."

„Er ist ein cooler Gangsta-Rapper", fügte ich hinzu. „Ich find den lustig!"

„Gangster?", fragte Anne. „Schon mit acht? Gestern stand ich auf dem Balkon, und Emre hat zu seinem Freund im Hof etwas sehr, sehr Unanständiges gesagt."

„Was denn?", fragte ich. Anne räusperte sich.

Lena nickte. „Bei uns im Verein ..."

BUMM! Die zugeschlagene Wohnungstür verursachte in der Wohnung ein kleines Erdbeben. Aus dem Gang dröhnte die Stimme von Dok. „Was ist das Thema des heutigen Tages?"

„Sport!", rief Anne schnell.

„Frauenfußball!", rief ich.

„Frauenfußball ist doch kein Sport, he, he, he!", grölte Dok und steckte den Kopf in die Tür.

„Aaah ... du bist noch hier, Lena?", sagte er. „Entschuldigung! Hab nur gescherzt."

„Das macht nichts!", sagte Lena. „Mein Papa reißt auch ständig frauenfeindliche Witze. Aber der Boss zu Hause ist meine Mama."

„Ho, ho!", sagte Dok. „Das ist bei uns anders!" Er guckte zu Mama. „Oder, Anne?"

„Zieh dir die Schuhe aus!", sagte Anne. „Aber sofort!"

„Ich mach ja schon!", brummte Dok und trottete in den Flur zurück. Klar ist bei uns meine Mutter der Boss. Also was die wichtigen Sachen angeht. Wer sonst? Das ist sicher überall so, oder? Hin und wieder veranstaltet mein Vater eine kleine Revolution, aber die kann sie sehr schnell niederschlagen. Deswegen freut sich mein Vater, wenn ich zu ihm „Dok" sage. Das gibt ihm viel Selbstwertgefühl, wenn er sich schon von Anne herumschubsen lassen muss.

„Hi, Dok!", sagte ich.

„Servus, Jonas!"

„Sind sie wirklich Doktor, Herr Auer?", fragte Lena.

„Darauf kannst du deinen Arsch verwetten, Lena!"

„Max!", sagte Anne.

„Den Titel hab ich mir auf dem Bau erarbeitet", sagte Dok. „Da haben wir uns alle mit Doktor angeredet. Aaah! Apfelstrudel! Lecker!" Er schnitt sich den halben Kuchen ab. „Kennt ihr *American Pie*? In dem Film hat ein Junge 'nen Apfelkuchen gepoppt, he, he, he ..."

„Max!", sagte Anne. „Kannst du dich vor den Kindern nicht etwas zurückhalten?" Lena verdrehte die Augen.

„Kinder?", sagte Dok mit vollem Mund. „Das sind doch keine Kinder mehr! Die kennen sich damit besser aus als wir aus. Stimmt doch, oder?"

„Womit?", fragte ich.

Dok machte seinen vollen Apfelstrudel-Mund breit auf. „Max!!!", sagte Anne jetzt ganz laut. So laut sie konnte. Dok klappte den Mund wieder zu. Anne versuchte, das Gespräch wieder in anständige Bahnen zu lenken.

„Den Kuchen hat Lena selbst gebacken!" Anne ist manchmal etwas vergesslich.

„Nö!", sagte Lena.

„Schmeckt besser als Blutwurscht!", sagte Dok. „He, he, he ..." Napoleon tauchte wieder auf, stellte sich bei Dok auf die Hinterpfoten, lehnte sich mit den Vorderpfoten auf sein Bein und begann zu betteln. Napoleon weiß, Dok ist ein Weichei, Dok lässt sich leicht rumkriegen.

„Gib dem Hund keinen ...", legte Anne los, aber da stopfte Dok Napoleon schon ein Drittel seines Kuchens ins Maul. Ganz schön aufmüpfig heute.

Anne seufzte noch mal. „Am Aushang unten steht, alle Mieter müssen ihre Satellitenschüssel vom Balkongeländer abbauen", sagte sie. „Sonst gibt's eine Anzeige. Die Satellitenschüssel hat uns der Vormieter dagelassen und jetzt sollen wir uns selbst darum kümmern."

Dok sprang auf. „Das ist kein Problem! Ich schraube die Schüssel gleich ab."

„Auf der Baustelle in Taufkirchen bist du in die Trommel des Betontransporters gefallen", sagte Anne.

„Man hat dich nur mit Not aus dem Beton retten können.“

„Ach das!“, sagte Dok. „Das ist schon lange her!“

„Soll ich nicht besser meinen Bruder anrufen? Die Schüssel hängt doch ziemlich hoch an der Wand …“

„Deinen Bruder holen? Ein Polizeibeamter hat doch keine Ahnung vom Handwerk! Äääh … Kennt ihr den? In ’ner Bank steht ein Räuber mit ’ner scharf gemachten Granate in der hoch gehobenen Hand! Da stürmt ein Polizist herein, mit ’ner Knarre am Anschlag, und brüllt: ‚Werfen Sie die Waffe weg!‘ He, he, he … Gut, oder?“

„Iss besser deinen Kuchen auf!“, sagte Anne, da marschierte Dok aber schon mit seiner Werkzeugkiste durchs Wohnzimmer auf den Balkon. Napoleon mit wedelndem Schwanz hinter ihm her. Unser Hund mag es, wenn Dok bastelt, da erlebt er immer etwas Ekschn.

Anne stand auf, griff in ihr Hausapotheke-Körbchen auf der Kommode und verpasste sich eine Ladung von ihren Beruhigungspillen. Baldrian oder so Zeugs. Mit einem Lächeln kehrte sie zum Tisch zurück. Als wollte sie sagen: Jetzt ist mir alles egal, jetzt kann mich nichts mehr aus der Bahn werfen! „Wollt ihr noch ein Stück …“

„Uaaah!“ Das Gebrüll kam vom Balkon. Krieg? Überfall? Atombombe! Annes „Jetzt-ist-mir-alles-egal-Miene“ wandelte sich augenblicklich in einen Ausdruck des Schreckens.

„Wau, wau!“ Bellend und jaulend jagte Napoleon vom Balkon an der Küchentür vorbei und begann an der Wohnungstür zu kratzen. Was war da los?

Ich lief aus der Küche ins Wohnzimmer, doch schon durch die offene Balkontür sah ich, dass Dok nicht mehr auf dem Balkon stand. Fuck! Ich flitzte zur Wohnungstür.

„Was ist passiert?", kreischte Anne aus der Küche und stürzte ohnmächtig zu Boden.

„Das ist nicht so schlimm wie es aussieht", rief ich Lena zu. „Das passiert hier einmal die Woche. Kaltes Wasser hilft!"

Zuerst musste ich mich um Dok kümmern. Ich riss die Wohnungstür auf und hüpfte mit Napoleon die Treppe runter, aus dem Haus raus und um unseren Häuserblock herum.

Dok war mit seiner Satellitenschüssel direkt auf dem Rosenbusch von Emres Eltern gelandet. Jetzt kämpfte er sich aber schon ächzend heraus, die Schüssel immer noch in den Händen, mit zerkratzten Armen und zerkratztem Gesicht.

Emres Eltern hatten direkt am Haus einen kleinen Garten angebaut, wie alle Nachbarn im Erdgeschoss unseres Häuserblocks. Zum Glück waren sie nicht zu Hause. Nur der kleine Emre. Er stand auf Distanz zu meinem Vater, mit weit aufgerissenen Augen.

„Oida!", sagte er zu mir. „Isch hab gedacht, dein Baba is' Looser. Aber der is' voll krasser Typ, ey. Wie Superman is' er auf seiner Schüssel so angerauscht gekommen. Er muss nur coolen Superman-Dress anziehen. So kinomäßig so. Dann ist dein Baba voll der King in Neuperlach!"

☪

„Dann heute um fünf!", sagte ich zu Lena. Mit dem Geigenkoffer in der Hand lief sie die Treppe runter. Die Lederpille steht ihr besser. Napoleon machte mit der Schnauze die Tür zu und legte sich in sein Körbchen im Flur. Nach dem Kuchen und Doks Showeinlage war Siesta angesagt.

„Lena wäre eine sehr gute Freundin für dich", sagte Anne in der Küche.

„Lass das, Mama!"

Anne versuchte, den knittrigen Halsausschnitt an meinem T-Shirt zu glätten. „Versuche nur nicht, hier etwas mit einem türkischen Mädchen anzufangen. Die Türken sind in solchen Sachen sehr empfindlich."

„Aber, Mama! Wir leben doch nicht im Mittelalter."

„Bei den Türken herrschen andere Sitten. Gerade gestern habe ich in der Zeitung über ein türkisches Mädchen gelesen, das ... hmm ... es muss nicht gerade Ehrenmord sein, aber ..."

„Jetzt hör auf damit, Mama!"

„Du warst schon einmal wegen eines türkischen Mädchens sehr ..." Anne stutzte und legte sich die Hand auf den Mund.

Ein kleiner Blitz rauschte durch meinen Kopf, erlosch aber sofort wieder. „Was war ich wegen eines türkischen Mädchens?"

„Ach, nichts!", sagte Anne. Sie seufzte. „Ich bringe in der letzten Zeit alles durcheinander. Pass nur auf! Mit den türkischen Mädchen ist das nicht so einfach wie mit den Deutschen. Wenn die sich mit einem Jungen einlassen, müssen die ihn heiraten. Du bist noch zu jung für solche Sachen."

Ich ließ sie in der Küche sitzen und guckte nach dem Verletzten. Was hatte sie damit gemeint? Ich kannte doch gar kein türkisches Mädchen.

„Ächz, ächz" – Dok pumpte in seinem Zimmer hoch und runter – seine übliche Liegestützen-Therapie. „Vielleicht solltest du dich besser vom Arzt durchchecken lassen", sagte ich. „Ob alle Knochen …"

„Nee!", sagte Dok. „Mit etwas Training vertreibst du die Schmerzen ruck zuck."

„Das war wieder mal ein heftiges Abenteuer", sagte ich.

Dok hockte sich auf das Sofa und wischte sich den Schweiß mit einem Handtuch ab. „Weißt du, Jonas! Ich wollte schon immer Handwerker werden. Ein Elektriker, oder ein Schreiner … ein Schlosser wäre schön … Oder Maurer würde mir gut gefallen, aber auch auf'm Bau hat's nicht geklappt."

„Nachtwächter im PEP ist doch ein super Job", sagte ich.

„Schämst du dich vor den Jungs im Gymnasium nicht, dass ich als Nachtwächter arbeite? Die Väter deiner Schulfreunde in Oberhaching waren doch alle Anwälte und Computerexperten und so …"

„In Neuperlach ist das anders", sagte ich. „Schnauze findet deinen Job voll cool!"

„Echt?" Er zog den Gürtel an seiner Jeans fester.

Im Flur stießen wir mit Anne zusammen. „Leg dich doch hin!", sagte sie zu Dok.

„Magst du mit mir unser Tandem fahren?", fragte Dok. Er hatte ganz allein aus Ersatzteilen ein Tandem gebaut, aus zwei verschiedenen Fahrrädern, die zwei Teile hatte er in einer Werkstatt zusammengeschweißt, den Rest in den letzten drei Jahren in unserem Keller in Oberhaching gebastelt. Jetzt stand das Monsterfahrrad unten im Fahrradkeller und wartete auf seinen Einsatz. Doch keiner wollte mitfahren. Wir hatten Angst.

Anne wuschelte mit der Hand in ihren Haaren. „Ich fahre kein Tandem", sagte sie. „Ich mag diesen Partnerlook nicht. Was würden die Leute dazu sagen? Die lachen uns doch aus!"

„Das ist doch schön, wenn Leute über uns lachen, Baby", sagte Dok und klatschte Anne auf den Hintern.

„Bitte, sei nicht so primitiv!", sagte sie und verschwand in ihrem Zimmer. Gleich hörten wir von dort schöne Geigentöne. Die wirkten bei Anne besser als Baldrian.

Dok kratzte sich am Kopf. „Magst du mitfahren?"

„Geht nicht", sagte ich. „Muss gleich zum Kicken."

„Das ist doch blöd!", sagte Dok. „Ich baue seit drei Jahren ein Tandem für uns und jetzt will keiner mitfahren."

„Das Basteln hat dir doch Spaß gemacht!", sagte ich und klopfte ihm väterlich auf die Schulter. Das väterliche Klopfen bekommen Väter gern von ihren Söhnen, sie machen's ja selbst oft. „Sicher findet sich mit der Zeit jemand, der mitfahren würde", sagte ich.

Plötzlich grinste Vater. „Oh, ja!", sagte er und strahlte wie Napoleon, wenn er neben seinem Körbchen ein Stück Schwarzwälder-Kirsch-Torte entdeckt. „Jemand findet sich sicher!" Shit! Ich hätte gleich eins und eins zusammenzählen können.

Frauenfußball

Um Viertel vor fünf schob ich mein Fahrrad aus der Tiefgarage. Hmm ... Die Reifen waren etwas schlapp. Musste wohl oben die Pumpe holen. Anne winkte mir von unserem Balkon zu, der ohne die Satellitenschüssel irgendwie kahl aussah. Anne will mich immer verabschieden, auch wenn sie deswegen ihr Geigenspiel unterbrechen muss. Heute hätte sie besser weiter Geige spielen sollen.

Unter unserem Balkon stolzierte Emre mit spitzem Gelhaardach auf dem Kopf in seinem Gärtchen herum. „Batteln wir, Oida?", fragte er. „Isch kann disch voll dissen."

„Kann nicht, ich muss zum Kicken", sagte ich und guckte hoch. Anne spitzte auf dem Balkon über uns die Ohren, tat aber so, als ob sie am Balkonrand Blumen gießen würde. Nur hatte sie kein Wasser in der Kanne. Das konnte ich sehen. Ihr war wohl nicht ganz geheuer, dass ich hier mit dem achtjährigen türkischen Gangsta so auf Tuchfüllung ging.

„Nimmst du misch mit?", sagte Emre. „Isch bin hier voll der beste Kicker so, weil isch kicke bald bei Bayern und so. Das hat mein Trainer gesagt so. Meine Freunde sagen Özil zu mir, Oida." Anne auf dem Balkon über ihm verdrehte die Augen.

„Du bist zu klein, um mit uns zu kicken", sagte ich. Anne atmete erleichtert aus.

„Isch fick deine Mutta, du Spast, du!", sagte Emre. Anne stürzte in Ohnmacht. Ich ließ das Fahrrad fallen, lief um unseren Block wieder zurück und stürmte nach oben in unsere Wohnung. Ich hatte recht. In der Gießkanne war kein Wasser. Musste es im Badezimmer holen, um Anne wiederzubeleben.

Dok und Napoleon kamen auf den Balkon gerannt. Zum Glück war Dok noch nicht auf seiner Tandem-Tour. Er führte Anne in ihr Zimmer. „Leg dich ein bissl hin", sagte er.

Ich trabte nach draußen. Erst am Fahrrad fiel's mir wieder ein: Wegen dem Stress mit Anne hab ich die Pumpe vergessen. Ich schob das Fahrrad zu unserer Haustür und lief noch mal die Treppe hinauf. Die Wohnungstür sperrte ich sehr leise auf. Anne vertrug keinen Lärm, wenn sie ihre „Zustände" hatte. Vielleicht schlief sie ja schon. Ihre Zimmertür war aber auf.

„Beinahe hätte ich's Josch gesagt", sagte sie. Aha! In meiner Abwesenheit benutzte sie also immer noch meinen Kindernamen.

„Jonas ist doch schon sechzehn", sagte Dok. „Wir können ihm die Geschichte ruhig erzählen."

„Und wenn er wieder krank wird?"

„Nach sechs Jahren? Glaube ich nicht! Damals hat ihn sicher nur der Tod deiner Schwester so mitgenommen. Mit dem Mädchen muss es gar nichts zu tun gehabt haben."

„Du weißt nicht, was eine solche Sache mit einem Menschen anstellt", sagte Anne. „Du bist überhaupt nicht sensibel."

Dok seufzte, ich schlich mich wieder heraus und machte die Wohnungstür leise hinter mir zu. Warum ich sie nicht gleich zur Rede gestellt habe? Keine Ahnung! Dok meinte mal, man könne die Leute nicht zur Wahrheit zwingen. Ich konnte doch auch mit nicht voll aufgepumpten Reifen fahren, oder?

Trotzdem gab's für die Zukunft etwas Wichtiges zu erledigen: Ich musste einen Familienkrimi lösen. War ich mal echt schwer krank gewesen? Ich erinnerte mich nur an Grippen. Und von welchem Mädchen hatten die denn geredet?

☪

Auf dem umzäunten Rasen an der Putzbrunner Straße schnürte Danis sich gerade seine Fußballschuhe zu. Inmitten der anderen türkischen Jungs. Lena war auf ihrem Rennrad gekommen. Ich hatte sie an der Straße getroffen.

„Hast du dein Cheerleader-Team mitgebracht?", fragte Danis und grinste Lena an.

„Ich würde gern mitkicken!", sagte Lena.

Die türkischen Jungs wieherten vor Lachen. „Und wenn du dich verletzt?", fragte Danis und grinste zur

Abwechslung seine Kumpel an. „Fußball ist nicht Kochen, Blümchen, he, he, he …“

„Wenn du auf deine Glocken Obacht gibst, Schorschi, passe ich auch auf!“, sagte Lena. „Bei mir hängt da aber nix frei rum, was verletzt werden könnte.“

„Waas? Schorschi?“ Danis machte einen Schritt auf Lena zu, plötzlich lachte er aber wieder. „Na, gut!“

Er freute sich wohl auf die Abreibung, die er Lena beim Spiel verpassen würde. Trotzdem warf er mir einen sehr komischen Blick zu: „Was soll das, Mann, he?“

Ich hoffte nur, Lena hat das Fußballspielen nicht verlernt. Sonst würde ich mich vor den Jungs als der große Frauenfußballer outen. Noch dazu vor lauter Türken. Wo ich mich hier grade zu integrieren angefangen hatte.

Nee, Lena würde mich nicht enttäuschen, oder? Man weiß aber nie, wie sich die Mädels anstellen. Eine Achtel im Hormonzyklus, und schon ist das Mädchen unberechenbar! So stand's in einem Buch über das Frauenverhalten, das Dok gelesen hatte. Wenn Lena hier die Kuschelpuppe rauskehrte, würde ich mich vor Danis und den anderen Türken für immer blamieren. Ach, was soll's. Schlimmstenfalls prügeln wir uns wieder, und die Sache hat sich.

Lena schnürte sich die Schuhe zu. Danis zischte mir ins Ohr: „Du solltest deine Freundinnen besser erziehen, Mann! Wenn meine Schwester oder meine Freundin so was wie mit den Glocken sagen würden, hätte ich ihnen gleich eine runter gebuttert. Bei den Frauen musst du immer zeigen, wer der Herr im Haus ist, Alter! Sonst wachsen sie dir über den Kopf!“

Ich zuckte nur mit der Schulter. Wenn ich Lena auf die harte Tour angepackt hätte, würde sie mir den

Kopf zur Glatze rupfen. Sollte er doch selber seine Methoden anwenden.

Eigentlich war Lena ganz cool, oder? Cooler als Danis auf jeden Fall. Aber etwas Verbrüderung mit Danis dürfte nicht schaden. Dank der *Beschiktasch*-Schlägerei auf dem Bolzplatz und Schnauzes Erklärung kannte ich mich super mit der türkischen Liga aus. „Bist du *Beschiktasch*-Fan?", fragte ich Danis.

„Logisch!", sagte er.

„Ich auch!", sagte ich. Sofort lächelte Danis wieder und klopfte mir anerkennend auf die Schulter.

Blöd nur, dass keiner mit Lena und mir spielen wollte. Wir waren zwölf, aber nach dem Aufteilen standen die vier uns zugeteilten Spieler plötzlich wieder bei der Gegenmannschaft.

„Na, was ist?", sagte Lena am Ende genervt. „Wollt ihr alle gegen eine Frau spielen? Ihr Memmen!"

„Was hast du gesagt, Püppschen?", fragte einer der Jungs.

„Dass du ein Held bist!", sagte Lena und grinste. Sie hatte nicht mal vor dem Teufel Angst.

Danis trieb die uns zugewiesenen Jungs zurück. „Ihr wurdet ausgelost", sagte er. „Murat, Haluk, Karmak und Deppe!"

Deppe war der einzige Deutsche von den Jungs, schien sich aber wegen seines Spitznamens gar nicht zu grämen. Nur wegen Lena grämten sich die Jungs. „Was soll der Scheiß?", fragte Murat, der Lena vorhin angemacht hatte. „Soll'ma heute Hinkepinke spielen oder Fußball?"

Die erste Runde haben wir 5:1 gewonnen. Vier von unseren Toren hatte Lena geschossen. Danis spielte gut, voll der Techniker, fast so gut wie ich, na ja, das wieder nicht, aber er hatte es echt drauf. Seine Tricks mit der Hacke waren erste Sahne, das wusste er auch, und spielte fast jeden zweiten Ball mit der Hacke.

Bei diesem Ronaldo-Gehabe wäre unser Trainer in Haching ausgeflippt – statt nach freien Spielern zu suchen, die er anspielen könnte, suchte Danis nach einem Zaubertrick. Er dribbelte wie der Gott des Fußballs, doch jede Finte kostete Zeit, einmal Schwenk nach links, einmal nach rechts, und schon wurde unsere Abwehrkette wieder fest geflochten.

Hin und wieder schielte Danis nach Lena dabei, und langsam wurde mir auch klar, für wen Danis heute diese Show abzog.

Lena dagegen flankte, wenn sie flanken konnte, sie kickte mir den Ball nach links zu und lief weiter durch die Mitte, die Rechte hochgestreckt, damit man sie nicht vergessen würde. Sie war so präsent, dass jeder nur sie auf dem Feld sah und ihr den Doppelpass geben musste.

Lena nahm den Ball und donnerte ihn einfach ins Tor. Ohne groß rumzublödeln wie Danis und die Jungs in seiner Mannschaft. Alle krass gute Techniker aber schlechte Fußballspieler. Mit keinem von ihnen konnte Lena sich technisch messen, aber im Gegensatz zu ihnen hatte sie Teamgeist. Das Luder kicherte nur vor sich hin und schob die Pille durchs Feld – ein Traum! Als sie dem etwas dämlich glotzenden Dermak ein Tor zwischen den Beinen und knapp unter seinen Eiern geschossen hatte, brüllte er. „Hä? Was soll das?"

„Panna, Mann!", rief Murat und klopfte Lena auf die Schulter. „Sie hat dich voll gepannert!"

In unserer alten Klasse in Oberhaching war Lena der zweitbeste Fußballspieler gewesen. Wer der beste war? Na, ich! Klar bin ich kein Angeber. Ich weiß nur, dass ich gut bin. Warum? Weil ich immer den ersten Ball erwische. Ich weiß immer, wo die Pille hinkommt. Schon wenn der Gegenspieler einen Anlauf zum Ball nimmt, weiß ich, wohin der Ball fliegen wird.

„War ich mal in der Schule längere Zeit krank?", fragte ich Lena in der Pause.

„Du hast immer so eine oder zwei Wochen gefehlt."

„Ich meine jetzt keine Erkältungen oder Grippen ... War ich mal längere Zeit weg? In der Grundschule? ..."

„Warte! Neblig kann ich mich erinnern, dass du in der Grundschule ein paar Monate im Frühjahr und im Sommer gefehlt hast. Da warst du, glaube ich, schwer krank, und bist nicht zum Kicken gekommen. Wieso? Weißt du das nicht mehr?"

„Nö!"

„Ach, ihr Männer!", sagte Lena.

In der zweiten Hälfte führten wir nach ein paar Minuten 4:0. Danis fing an, mit seinen Spielern rumzustressen: „Komm zurück, du Mongo, du! Was ist los mit euch? Macht ihr alle auf Gomez, oder was!"

Nach dem Spiel wirkte Danis brutal depressiv. Redete mit keinem aus seiner Mannschaft mehr. Alle hauten ab. Auch Lena. Nur Danis und ich schnürten unter einem Parkbaum an unseren Schuhen rum. „Warum bist du sauer?", fragte ich. „Weil ihr verloren habt?"

„Ich bin nicht sauer!", sagte er.

„Doch!", sagte ich.

„Blödsinn!", sagte er. „Bestimmt ist Lena ein verkleideter Junge. Mich kann keine Frau im Fußball schlagen."

„Nö!", sagte ich. „Lena ist ein echtes Mädchen! Hast du ihre Brüste nicht gesehen? Die ist nur ein bissl dominant. In unserer alten Klasse in Oberhaching hat sie die Hälfte der Jungs verdroschen. Sie war sportlich schon immer gut drauf."

„Wer will schon eine solche Frau heiraten?"

„Sie schaut doch gut aus!"

„Pff! Eine Frau soll bügeln lernen und kochen, nicht mit Männern Fußball spielen."

„Na, dann!", sagte ich. „Wollen wir nach Haching radeln? Der Wilderer dort macht die besten Burger! Das schaffen wir bis acht!"

„Die besten Burger macht meine Schwester!", sagte Danis.

Huch! Was war das denn? Etwa zwanzig Meter hinter der Schulter von Danis fuhr auf der Straße Dok auf seinem Tandem. Hat er doch einen Mitfahrer gefunden? Nur einen winzigen Bruchteil einer Sekunde blieb Doks Mitradler hinter Danis' Kopf versteckt. Dann tauchte er auf. Auf dem zweiten Fahrradsitz des Tandems hockte in einem befestigten Körbchen Napoleon auf seinen Hinterpfoten, mit den Vorderpfoten auf den Korbrand gestützt, blickte er stolz wie ein General von seinem Ross auf seine Soldaten. Das war also Vaters Mitfahrer. Napoleon! Und da kriegte ich blöderweise einen Lachkrampf.

„Du machst dich über meine Schwester lustig?", kreischte Danis. Ich schrie vor Lachen. Noch als Danis in mich reinprügelte, lachte ich. Aber nur kurz. Dann schlug ich zurück.

„Macht ihr hier auf Kindergarten oder was?", brüllte eine weibliche Stimme. Wir hörten auf und starrten hoch.

„Oj!", sagte sie. „Ganz große Krieger, oder? Was sollte das Gekratze und Gezerre? Wenn sich Mädchen prügeln, sieht's besser aus."

Weil ich sie genauso blöd angeglotzt hatte wie Danis, wunderte ich mich nicht, dass sie wieder mal einen Lachanfall bekam. Danis und ich hockten in zerrissenen Klamotten auf dem Rasen, zerkratzt wie nach einem Katzenangriff und guckten zu ihr hoch.

Sibel, die Lachtante aus der NORDSEE und dem *Obletter*, kriegte sich mal wieder nicht ein vor Lachen.

„Das gibt's doch nicht!", sagte ich.

„Warum prügelt ihr Idioten euch?", fragte sie. Danis schwieg. Um mich zu verwirren, hatte sie diesmal einen schwarzen Adidas-Anzug mit den drei weißen Streifen an der Seite an, samt Jacke. Jetzt am Abend war's schon etwas kühler.

„Er hat gedacht, ich hätte mich über seine Schwester lustig gemacht", sagte ich.

„Ach, so!", sagte sie zu Danis. „Du hast die Ehre deiner Schwester verteidigt!"

„Na, das ist bei euch doch ganz normal, oder?", sagte ich. Langsam gingen mir die Türken mit ihrer Ehre auf den Sack. Wenn man sich deswegen ständig prügeln musste, wollte ich echt keine Ehre haben.

„Meinst du bei uns den Türken?", fragte sie. Ich sagte nichts. „Du hast doch keine Ahnung", sagte sie.

„Aber ich hab nur gelacht, weil grad eben mein Va...
eeh ... ein Typ und ein Hund auf einem Tandem vor-
beigefahren sind.“

Uff! Fast wäre mir „mein Vater“ rausgerutscht. Voll
peinlich, wenn die zwei wüssten, dass der durchge-
knallte Radfahrer mein Vater war. Das wäre bei den
Türken sicher schlimmer als Frauenfußball zu spielen.

„Rede dich nicht raus!“, sagte Danis.

„Den Verrückten mit dem Hund auf dem Tandem
hab ich an der Kreuzung auch gesehen“, sagte Sibel.

Den Verrückten? Alles klar! Diesen Leuten durfte ich
echt nie meinen Vater vorstellen. Na ja, wollte ich ja
auch nicht. Diese Sibel nervte sowieso. Tauchte in
unmöglichen Situationen auf. Wohl nur, um sich über
mich lustig machen zu können.

„Der Radfahrer sah einem Nachtwächter vom PEP
sehr ähnlich, den habe ich schon ein paar Mal am
Abend gesehen, wie er ums PEP herum seine Runden
dreht“, fügte sie hinzu. „Aber da irre ich mich sicher.
Kein solcher Verrückter könnte doch als Wachmann
arbeiten.“

Oh, da irrst du dich aber, Baby! Ein Verrückter kann
schon als Wachmann arbeiten. Scheißeee!

Danis und ich klopften unsere Klamotten ab. „Siehst
du?“, sagte ich zu Danis. „Ich lache doch nicht über
deine Schwester. Auch wenn sie sicher nicht die besten Burger macht. Die besten Burger macht der Wilderer in Haching!“

Sibel schaute Danis mit großen Augen an und lachte
wieder. „Du hast dich wirklich wegen deiner Schwester geprügelt?“

„Nö!", sagte Danis und wirkte plötzlich ziemlich verunsichert. Dabei hatte er noch vor kurzem erzählt, wie er mit den Mädchen umspringen würde. Jetzt hatte er aber nur Augen für seinen Rucksack und wühlte drin rum wie in einer Schatztruhe. He, he, vielleicht war er in diese Sibel verknallt? Gut so! Die würde ihm schon seine Macho-Flausen austreiben, diese Hexe. Mann! Wenn alle Türkinnen so drauf waren, dann wollte ich echt kein Türke sein. Die mussten voll auf Drill leben, die Armen. Na ja, Lena war auch krass brutal und war keine Türkin.

„Deine Schwester kann auf sich selber aufpassen", sagte Sibel zu Danis. „Eigentlich müsstest du dich bei ihm entschuldigen." Sie zeigte auf mich.

„Ein Türke hat seinen Stolz", sagte Danis. „Ein Türke entschuldigt sich nie!"

„Entschuldige dich", sagte Sibel streng.

„Sorry!", sagte Danis und gab mir die Hand. Der sollte mir noch mal erzählen, wie ein Mann mit Frauen umgehen soll.

„Gehen wir?", sagte Sibel.

Ich hatte wohl recht gehabt. Die zwei kannten sich. „Ihr kennt euch?", fragte ich.

Danis guckte mich an und machte den Mund auf: „Das ist doch ..."

Sibel unterbrach ihn: „Ob ich den da kenne?" Sie zeigte auf Danis. „Klar! Ist der Bruder von einer Freundin. Wir Türken in München kennen uns alle untereinander."

Danis wirkte, als wenn er bei Meggi zu den Pommes Senf statt Ketchup gekriegt hätte.

Sibel kicherte. „Musst du auch in meine Richtung?“, fragte sie ihn.

„Waas? Ach, so ... klar, klar!“ Sie trabten davon. Ich guckte ihnen nach. Komische Leute, die Türken, oder? Kannten sich echt alle Türken in München? Da waren wir Deutsche krass asozial dagegen. Meine Eltern hatten noch mit keinem einzigen Nachbarn aus unserem Haus geredet. Und ich kannte hier eigentlich nur Schnauze, der zwar ein Franke, aber seinem Weltbild nach wohl auch ein Türke war. In Oberhaching hatten meine Eltern auch nur für sich gelebt. Na ja ... Anne hatte ihre Geige und Dok sein Tandem.

Nach ein paar Schritten drehte sich Sibel um. „Danis' Schwester macht wirklich die besten Burger in der Stadt“, rief sie. Sofort kam mir ihre Freundin aus der NORDSEE in den Sinn.

„Die Schwester von Danis war heute nicht zufällig mit dir in der NORDSEE?“, fragte ich. „Als ich ...“

„Als du der Oma den Fisch wegessen wolltest?“, fragte Sibel. „Ja, das war Selma, die Schwester von Danis.“

„Fisch?“, fragte Danis. „Oma? ... Selma?“ Aber da zerrte Sibel ihn schon davon.

„Soll ich dir meine Handynummer geben?“, rief ich ihnen nach.

Danis drehte sich um. „Spinnst du?“, rief er. „Du kannst doch nicht ein türkisches Mädchen so plump anbaggern! Wir sind hier in keinem Swingerclub, Mann!“

„Ich wollte deine Nummer, Danis!“

„Schade!“, sagte Sibel und lachte wieder. Hmm ... wie gesagt ging mir die Frau schon gewaltig auf die Milz, aber lachen konnte sie, das musste ich zugeben. Danis und ich tauschten unsere Handynummern aus.

Ich guckte ihnen nach. Das Schwarz ihres Adidas-Anzugs harmonierte mit der untergehenden Sonne und kündigte die bald anbrechende Nacht an.

☪

Zu Hause herrschte am Abend voll der Frieden. Dok hockte gesund und ohne eine einzige frische Schramme im Gesicht in der Küche.

„Und, was hast du reparieren wollen?", fragte er, als er die Kratzer in meinem Gesicht sah.

„Bin in einen Busch reingefahren", sagte ich.

Auch Napoleon konnte noch gut hüpfen. Die erste Tandemfahrt war bei den beiden ganz gut ausgegangen. Besser als bei mir auf jeden Fall. Wenn Dok nur wüsste, dass ich mich wegen seines blöden Tandems prügeln musste. Jetzt waren wir in eine neue Familien-Phase eingetreten: Papa bastelte, und ich musste dafür büßen.

„Wieso hast du Napoleon mitgenommen?", fragte ich ihn.

„Na, ich wollte für Anne ihre Lieblingsschokotorte vom Kuchenparadies in Perlach holen. Damit sie sich von dem Schock mit der Satellitenschüssel und dem kleinen Emre erholte. Meinst du, Napoleon lässt mich allein Kuchen holen?"

„Da hast du recht!", sagte ich. Vielleicht hätte ich ihn doch nach meiner Krankheit damals fragen sollen. Was hatte er am Nachmittag zu Anne gesagt? „Mit dem Mädchen muss es gar nichts zu tun haben." Mit welchem Mädchen? Fuck! Ich zockte noch kurz in meinem Zimmer und ging schlafen.

Glücksfische

„Wo gehst du hin?", fragte Anne am Donnerstag.

„Schnauze zeigt mir den ZOO hier", sagte ich.

„In Neuperlach gibt es doch keinen ZOO!"

„Vielleicht hat Schnauze den echten Münchner ZOO in Hellabrunn gemeint", sagte ich.

Anne strahlte auf wie ein Feuerwerk. „Du gehst in den Tiergarten? Das ist schön! Und ich habe schon gedacht, wir haben dich an den Computer verloren. Das freut mich, dass du dich für Tiere interessierst und deine Ferien nicht nur mit Computerspielen und im Einkaufszentrum verschwendest. Als wir jung waren, haben wir nur im Wald getobt, Blindekuh gespielt ..."

„Noch mit sechzehn?"

„Aaah ... das spielt jetzt keine Rolle. Mich freut es nur, dass Guido einen wirklich guten Einfluss auf dich hat. Ich möchte nicht, dass du hier zwischen den ganzen Türken verwilderst. Einen solchen Freund wie Guido hast du wirklich gebraucht. Der sich für Tiere interessiert. Nur sollst du ihn nicht Schnauze nennen. Das finde ich nicht schön. Brauchst du Geld?"

☪

Schnauze winkte mir von der Treppe über dem großen PEP-Eingang zu. „Hey, Schnauze! Anne meint, ich soll Guido zu dir sagen", sagte ich.

„Dann bisdu tot, Mann!", sagte Schnauze. „Du guckst voll wie Zombie! Sorgen?"

„Familiengeheimnisse", sagte ich. „Fahren wir in den ZOO nach Hellabrunn?"

„Was willsdu Hellabrunn, Alta? Wir haben Neuperlach super ZOO." Schnauze führte mich durchs PEP und weiter nach links um den Gebäudekomplex herum. Der ZOO stand gleich hinter der Apotheke: ZOO-Fachhandlung. Hätte ich mir gleich denken können. Mann, irgendwie wurde ich in Neuperlach permanent verarscht. Von türkischen Mädels, von Schnauze, von meinen Alten ... egal!

Der Verkäufer am Eingang schaute uns an, als ob er ein Bulle wäre und Schnauze und ich die Bankräuber. „Mein Papa ist hier Nachtwächter", wollte ich ihm sagen, wir klauen nicht. Ich behielt es aber besser für mich.

„Geil, was?" Schnauze führte mich von Aquarium zu Aquarium. „Mal hat Typ in so Zeitung so Artikel über Aquariumsfische gebracht. Danach wollte jeder zu Hause Aquarium haben, Mann. Das läuft auch heute so. Etwas kommt in Zeitung, und jeder will's haben."

„Mann! Du kennst dich super aus", sagte ich.

„Kommt alles von Glotze", sagte Schnauze. „Siehsdu Goldfisch dort?" Schnauze zeigte auf ein Aquarium mit einem goldorangenen Fisch darin. „Goldfisch is' das älteste Haustier, das voll gezüchtet wurde und überhaupt nicht nützlich is'."

Ich staunte weiter über seine Kenntnisse. „Ein Goldfisch bringt Glück", sagte ich. „Ist das nicht nützlich genug?" Schnauze starrte mich mit weit aufgerissenen Augen an.

„Du hast recht, Alta", sagte er. „Goldfisch is' ganz neu hier. Hey! Aquarium is' nichmal zugedeckt. Glücksfisch kann jeder klauen." Auch er hatte recht: Da stand ein kleines offenes Aquarium mit einem einzigen Fisch darin.

„So wie der Verkäufer am Ausgang aufpasst, kannst du hier keinen Fisch klauen", sagte ich.

Schnauze lachte. „Alles kannst du klauen, Alta! Wenn du hast richtige Methode."

„Quatsch!"

„Meinsdu, ich kann so krass mickrigen Scheißgoldfisch nicht klauen so?"

„Sicher nicht", sagte ich. „Aber lass mal. Ich mag kein Klauen in Geschäften."

„Ich auch nicht", sagte Schnauze. „Aba Fisch kannsdu nicht klauen, Alta. Fisch is' so wie Mensch so, Fisch gehört niemand."

„Ja, willst du hier mit 'ner Plastiktüte voll Wasser und mit dem Goldfisch darin rausmarschieren?"

„Ich brauch nicht Plastiktüte, Mann", sagte Schnauze. „Hasdu nicht gesehen *Ein Fisch namens Wanda*?" Er griff ins Wasser, holte den Goldfisch heraus und steckte ihn sich in den Mund. Ja, das gibt's doch nicht!

„Heha!" Schnauze hatte wohl „Gehma!", sagen wollen, hielt aber die Lippen fest verschlossen, sodass nur ein Brummen aus ihm kam. Er drehte sich um und schlenderte mit dem Fisch im Mund zum Ausgang. Ach, du dickes Ding! War ich jetzt ein Verbrecher? Ich trottete ihm nach.

Der Verkäufer am Eingang beachtete uns gar nicht. Draußen grinste mich Schnauze weiter mit geschlossenen Lippen an. Und dann ... dann machte er den Mund weit auf. Scheißeee! Sein Mund war leer! „Fuck, Mann! Du hast den Goldfisch gefressen!"

„Nö!", sagte Schnauze. „Goldfische frisst man nicht, Alta. Hast selber gesagt: Goldfische bringen Glück, Goldfische können Wünsche erfüllen. Komm!"

Er trottete zurück ins Geschäft. Heftigst verwirrt lief ich ihm nach. In dem kleinen Aquarium, das jetzt eigentlich leer sein sollte, schwamm der gefressene Goldfisch. Irgendein Magnet zog mir die Augen aus den Augenhöhlen. Ich glotzte wie ein Eskimo auf ein Nilpferd.

„Nur Trick, weißdu", sagte Schnauze. „Das Leben is' Tricksen. Jeder Hauptschüler weiß das."

„Krass!" Ich drehte mich wieder zur Tür. Hey? Ging da draußen nicht Sibel mit Selma, der Schwester von Danis? Jetzt durften wir nicht raus. War nicht bereit, wieder irgendeine Show abzuziehen. Die Schnalle brachte mir eindeutig Pech. Ach, Quatsch! Sicher waren's andere Mädels. Jetzt alpträumte ich schon tagsüber von türkischen Perlhühnern.

Schnauze hatte mich ganz derb durcheinandergebracht. Plötzlich ahnte ich, dass sich in Neuperlach mein Leben brutal ändern würde. Hier konnte ich wohl nicht mehr die faule Kugel schieben wie noch vor ein paar Wochen in Oberhaching. Etwas ahnte ich also schon. Trotzdem habe ich da noch bei weitem nicht den nötigen Durchblick gehabt. Was Sibel anging, schon überhaupt nicht.

„Weil ihr mich freigelassen habt, kann ich euch zwei Wünsche erfüllen", sagte eine tiefe Stimme plötzlich. Was? Ging der Irrsinn weiter? Schnauze hatte nichts gesagt. Die Stimme kam eindeutig aus dem Aquarium. Wie bitte? Konnte der Goldfisch sprechen? Sicher hab ich ein so dämliches Gesicht geschnitten, dass Schnauze laut auflachen musste.

„Du Arsch!", sagte ich. „Das warst du! Wo hast du Bauchreden gelernt?" Schnauze lachte weiter. „Und noch dazu auf Hochdeutsch?"

„Also wie sind eure zwei Wünsche?", sagte die Stimme wieder. Mann! War Schnauze gut! Überhaupt nicht die Lippen bewegt. Keine Spur! Zirkusreif.

Ach, was soll's. Dann spielte ich eben mit. „Ich hab nur einen einzigen Wunsch", sagte ich. „Ich möchte eine geile Freundin haben, die dann alle meine restlichen Wünsche erfüllen würde."

„Ich auch, ich auch!", piepste Schnauze. Krass! Sein Piepsen hatte mir den Rest gegeben. Ich prustete los. Schnauze machte mit und wieherte wie ein Pferd. Wir kugelten uns vor Lachen und rollten auf unseren Bäuchen aus dem Laden. Bis zu vier nackten Mädchenbeinen in Chucks. Sie hingen von einer Bank runter, die gegenüber dem Eingang der Zoo-Handlung stand. Wir hörten auf zu lachen und guckten hoch.

Diesmal trug Sibel weiße Shorts. Ohne Marke. Ohne Streifen. Die Shorts waren etwas größer als ihr gelbes bauchfreies Top. Himmel! Würde mit diesem komischen Mädchen nie was anfangen können, aber manchmal hatte ich echt Lust, mein Handy zu zücken und sie abzublitzen.

Sie sah immer so aus, als würdest du sie zum ersten Mal treffen. Was aber das Verrückte war: Trotzdem hatte ich plötzlich das Gefühl, dass ihr Foto schon in meinem Fotoalbum steckte.

„Sers, Perlhühner", sagte Schnauze. Klar laut.

„Zoo-Handlung?", sagte Danis' Schwester Selma. „Perlhühner? Die Typen haben's irgendwie mit Kleintieren, meinst du nicht Sibel?"

Sibel guckte uns von der Bank interessiert zu. „Wolltest du deinem kleinen Bruder einen Hamster kaufen?" Blöd, oder?

„Hi Selma, hi Sibel", grüßte Schnauze noch mal, jetzt aber richtig und küsste die Mädchen ab.

„Kommst du Meggi, Schatzi", fragte Selma Schnauze. Schatzi?

„Wir kommen nach", sagte Schnauze und zog mich davon. Zum Glück! Sonst wäre sicher wieder etwas passiert – bei meiner Glückssträhne hier.

Mein Freund, der Drogendealer

„Wo gehen wir hin?", fragte ich.

„U-Bahn! Ich hab da Deal!"

„Einen Deal?"

„Ich verkaufe was. Kriege viel Kohle dafür. Dann gehma McDonald's. Zu Selma und Sibel."

Was? Hatte Anne doch recht gehabt? In Neuperlach wurde mit Drogen gedealt. Und ich hab einen Dealer zu meinem besten Freund bekommen. Deswegen hatte Schnauze so viel Geld. Was sollte ich machen?

„Hier ist das Ding, Alta", sagte Schnauze und zog aus dem Rucksack ein Micky-Maus-Heft in einer Plastikschutzfolie heraus. Oha! Hatte er die Papiertütchen mit Koks zwischen den Seiten von Micky Maus versteckt? Voll pervers, oder? Ich guckte mich um. Vielleicht wurden wir schon von der Drogenfahndung beobachtet.

Schnauze klopfte auf das Heft in der Schutzfolie. „Druckfrisch!", sagte er.

„Waas?" ‚Druckfrisch' bedeutete in der Dealer-Sprache sicher „super Qualität". Mama! Papa! Ich will nicht in den Knast! Und ich will nichts mit Scheißdrogen zu tun haben! „Ich muss schnell heim", sagte ich.

„Jetzt mach kein' Stress, Alta!", sagte Schnauze. „Hier geht's um viel Money. Siehst du? Das is' Nummer 2!" Was laberte der? Ich hatte jetzt andere Sorgen im Kopf als Micky Maus. Von mir aus konnte es die Nummer 69 sein. Ich wollte weg! Doch inzwischen hatte Schnauze sein Heft wieder in den Rucksack gesteckt und zerrte mich ins U-Bahn-Zwischengeschoss.

In der Ecke hinter dem Kiosk stand ein dürrer Mann in Jeans, ständig guckte er sich um, Angstschweiß auf der Stirn. Der brauchte eindeutig seinen Schuss. Und mein bester Freund hier brachte ihm den Stoff. Shit!

„Hallo Jungs!", rief der Alte.

„Hallo, Herr Kramer!", sagte Schnauze, holte das Micky-Maus-Heft aus dem Rucksack und steckte es dem Typen zu. „Da ist es!"

„Super!", sagte der Typ und begann vorsichtig im Heft zu blättern. „Wahnsinn! Wirklich! Die echte Nummer 2 von 1951. Ja! Hier steht sogar noch der Preis: 75 Pfennig. Kein Nachdruck. Schön!"

Mann! Was redete der Typ zusammen. 75 Pfennig? Kein Nachdruck? Er steckte Schnauze ein Bündel 100-Euro-Scheine in die Hand. „Gib mir bitte Bescheid, wenn du wieder etwas findest."

„Mach ich!"

„Macht's gut, Jungs!"

Ich fühlte mich wie eine Nonne im Swingerclub. „Du hast für ein Micky-Maus-Heft von 1951 ein paar Hundert Euro gekriegt, Mann?"

„Fünfhundert!", sagte Schnauze. „So druckfrisch sind die ersten deutschen Micky-Maus-Hefte sehr selten."

„Und wo ... wo treibst du die auf?"

„Meist auf dem Flohmarkt."

„Wie kommst du aber auf diese Typen? Die's dir abkaufen?"

„Die meisten Sammler hab ich bei eBay kennengelernt. Aber manchmal fahre ich auch zu Comicbörsen hin."

„Kann man bei eBay nicht erst mit achtzehn verkaufen?"

„Alta, wo lebst du? Was bringt man euch im Gymnasium bei?"

Ich lachte. „Und ich hab schon gedacht, du bist ein Dealer?"

„Ich bin ein Dealer", sagte Schnauze stolz. „Ein Dealer für Comics!"

„Übrigens hast du vergessen, dein Türkendeutsch zu sprechen", sagte ich.

„Alles nur Äußerlichkeiten, Alta! Halte dich nicht auf damit. Gehma Meggi?"

☪

Noch an der Theke bei McDonald's im PEP war ich verwirrt. Sibel und Selma standen neben der Kasse, an die wir uns stellten, und redeten mit zwei anderen türkischen Mädchen. Waren wohl schon fertig mit dem Essen. Gut so! Zumindest konnte ich mir meine Pommes stressfrei reinschieben.

„Was willst du?", fragte mich Natascha an der Kasse. Ihr Namenschildchen hing an ihrer linken Brust wie eine Medaille. Wohl eine Russin.

„Ein McRib-Sparmenü."

„Mit Cola?"

„Jo!" Sie legte die Pommes auf ein leeres Tablett auf die Theke vor mich und lief für den McRib. Sibel und Selma standen immer noch neben meiner Kasse, warfen mir aber hin und wieder einen Blick zu. Nur sich nicht verunsichern lassen, Mann! Ich holte mir eine Pommes vom Tablett und kaute lässig. Die Blicke von Sibel und Selma wurden immer strenger. Arg verdutzt schauten sie aus. Heckten die beiden wieder etwas aus? Irgendwie machten mich die Muslimas nervös. Um mich zu beruhigen, schob ich mir eine Pommes nach der anderen in den Mund und las dabei die McDonald's-Speisekarte auf den Schildern über der Theke – spannend! Wo steckte Natascha mit meinem McRib, verdammt?

„Lass dir schmecken, Alta!", sagte Schnauze hinter mir und kicherte.

Die Russin tauchte auf und legte auf mein Tablett eine Packung Chicken McNuggets. Hä? Was sollte das? Ich wollte doch einen McRib! Die Russin stellte ein Fanta dazu, obwohl ich Cola bestellt hatte und sagte zu mir: „Was war das bei dir noch mal?" Ich glotzte nur. Scheißeee!

Sibel schob mich zur Seite und packte das Tablett, von dem ich schon die halbe Pommespackung verdrückt hatte. „Dein Mundraub in der NORDSEE konnte vielleicht noch ein Missverständnis gewesen sein", sagte sie, „aber jetzt vergreifst du dich auch noch an meinen Pommes, Mensch! Kriegst du zu Hause nichts zu Essen, oder was?"

Blöd! Sie waren doch noch nicht fertig mit dem Essen! Sibel hatte auf ihre Nuggets gewartet, und ich fresse ihr die Pommes weg, ich Idiot. Erst jetzt bemerkte ich, dass Danis' Schwester Selma die ganze Zeit ihr Tablett in der Hand gehalten hat. Mann! Konnte ich nicht richtig gucken und überlegen?

„Auuuh!" Ein Wolf? Vor Schreck drehte ich mich um. Aber da heulte nur Schnauze vor Lachen. „Alta, ich wollte dir schon sagen, dass das nicht deine Pommes sind, aber dir hat's so geschmeckt ... komm, ich lade dich ein."

Klar wollte ich mich nicht zu den zwei Suleikas hocken, hatte heute echt genug von ihnen, doch Schnauze steuerte mit seinem Tablett direkt auf sie zu. Was konnte ich tun?

„Sorry", sagte ich zu Sibel, als ich mich an ihren Tisch hockte. „Das war echt keine Absicht mit den Pommes."

„Klar!", sagte sie. „Du wolltest die Pommes nur testen, ob sie vergiftet sind, oder? Und mir das Leben retten, hi, hi, hi." Ey! Die war echt bescheuert. Plötzlich stutzte sie. „Selma", sagte sie. „Ich hab's doch glatt vergessen." Jetzt musste ich mich rächen, keine Frage.

„Das Kopftuch meinst du?", sagte ich. Boah! Die Rache war süß.

„Idiot!", sagte Sibel. Aha! Manchmal bist du auch nicht so schlagfertig, Mädchen! Sie drehte sich zu Selma. „Was macht dein Bruder?"

„Mein Bruder?", tat Selma erstaunt. Aber nicht nur sie stutzte, Schnauze genauso.

„Selmas Bruder?", fragte er.

Sibel starrte Schnauze an. „Na, Selmas Bruder Danis!", sagte Sibel und lächelte ihn an. Dieses Luder!

„Ach, ja, Danis!", murmelte Schnauze verwirrt. „Selmas Bruder! Klar!" Dieser Verräter!

Ich war der endlosen Verarsche endgültig satt. Durch McDonald's schmetterten Schlachtposaunen. Ich stand auf. „Ich weiß, dass Danis dein Bruder ist", sagte ich zu Sibel. „So blöd bin ich gar nicht."

Ich drehte mich zu Schnauze um: „Und du kannst mich auch am Arsch lecken, du Freund, du!" Schnurstracks marschierte ich nach draußen. Wenn sich dein Freund an Spielchen beteiligt, die irgendwelche Schnepfen mit dir spielen, ist er nicht mehr dein Freund, oder?

Über die Kreuzung vorm Neuperlacher Krankenhaus liefen Händchen haltend Emre und seine Mutter im Kopftuch. Emre ausstaffiert wie für die Heilige Kommunion. Hatten die Türken auch so was? Emre guckte demonstrativ an mir vorbei und versuchte Mamas Hand loszulassen. Sie hielt ihn aber fest. Auch Gangstas haben ihre Mamas. Die Welt ist eine endlose Verarsche.

☪

In unserem Flur stand Anne mit dem Staubsauger. Der Boden voll von Schutt. „Ist hier ein Flugzeug reingerauscht?", fragte ich.

„Nö!", sagte Anne. „Dein Vater wollte meinen neuen Spiegel aufhängen." Sie zeigte zur Wand neben der Wohnungstür, die mit lauter Löchern bedeckt war.

Drunter lagen die Spiegelscherben. „Sieben Jahre Unglück!“

„Wir müssen einen zweiten Spiegel kaputt schlagen“, sagte ich. „Das hebt das Unglück auf.“

„Ich komme!“, rief Papa aus seinem Zimmer.

„Wer hat dir diesen Unsinn erzählt?“, fragte Anne.

„Das hat ein Typ Facebook geschrieben.“

„Ein Typ Facebook geschrieben?“ Anne seufzte. „Langsam verlernst du hier Deutsch. Wir hätten nie nach Neuperlach ziehen sollen ... Oh, Gott! Ich muss einen Schnaps trinken. Sonst werde ich ohnmächtig.“ Sie verzog sich in die Küche.

Dok kam aus seinem Zimmer. Alle seine Fingerkuppen mit Mullbinde umwickelt. „Es gibt keine Pflaster hier!“, sagte er unter der Wucht meines Blicks.

Doch ich starrte nicht seine Fingerkuppen an. Bis auf die Mullbinde war Dok nackt. Auch das war aber nicht ungewöhnlich. Zwischen seinem Zimmer und dem Bad lief Dok immer nackt rum. Wie Anne früher auch. Wir sind zu Hause alle nackt rumgelaufen. Bis ich zwölf wurde. Zuerst hab ich angefangen, mich nach der Dusche schon im Badezimmer anzuziehen, dann Anne. Nur noch Dok machte bei uns auf Striptease. Dok war alles wurscht. Er würde hier auch nackt rumstolzieren, wenn wir Besuch hätten. Mein nackter Vater war also keine Überraschung für mich. Etwas anderes schockierte mich. Ich glotzte ihn an.

„Ich hab mich da unten rasieren müssen“, sagte er. „Ist hygienischer so.“

„Klar!“, sagte ich. „Hat dich Mama schon so gesehen?“ Dok lachte und lief weiter ins Badezimmer. Huch! Zum Glück werde ich nie ein türkisches Mädchen zur Freundin haben. Oder konntest du einer Muslima einen solchen Vater zeigen? Plötzlich tauchten Sibel und Schnauze wieder in meinem Kopf auf. Ich ging in mein Zimmer, startete den Rechner und knallte eine Menge böse Transformer ab.

Die Welt war irgendwie ungerecht zu mir, oder? Was hab ich den ganzen Türken samt Schnauze angetan, verdammt? Irgendwann fühlte ich mich besser und so widmete ich mich vernünftigeren Tätigkeiten als Transformer abzuknallen. Ich brachte Napoleons Facebookprofil auf Trab und verschickte für ihn ein paar Freundschaftsanfragen. Vor allem an Eisverkäufer, Bäcker, Konditoren und ähnliche Leute, die ihn interessieren könnten.

Entschleiern

„Anne? … Warum sag ich Anne zu dir, wenn du eigentlich Linda heißt?"

Wir hockten in der Küche beim Frühstück. Dok war gerade von seiner Nachtschicht im PEP nach Hause gekommen und chillte jetzt, noch in seiner Nachtwächteruniform, mit einer Tasse Kaffee in der Hand. Zum Glück mit nur einem blauen Fingernagel. Bei meiner Frage warf er einen schnellen Seitenblick auf Anne.

Sie seufzte, fasste sich aber gleich wieder und guckte mir direkt in die Augen. Ich schaute nicht weg, auch wenn es schwierig ist, deiner eigenen Mutter in die Augen zu starren. Doch Dok meint, die Frauen mögen das.

„Als du klein warst, hast du ein türkisches Mädchen zur Freundin gehabt", sagte sie. „In den Ferien bei meiner Schwester Johanna. In Perlach. Oft warst du auch am Wochenende bei ihr. Unter der Woche hat dein Opa in Oberhaching auf dich aufgepasst. Wenn wir Konzerte gaben und unterwegs waren."

„Mein Vater", sagte Dok. „Bevor er gestorben ist."

„Das weiß ich alles", sagte ich. „Nur an die Ferien und die Wochenenden bei der Tante kann ich mich nicht so gut erinnern. Was war mit dem Mädchen?"

„Du hast mit ihr bei Johanna die ganze Zeit gespielt. Das hat uns Johanna erzählt. Sie wohnte in einem Haus mit einem großen Garten."

„Ich habe bei Tante Johanna mit einem türkischen Mädchen gespielt?"

„Die Türkin hat bei Johanna geputzt und sich um den Garten gekümmert. Sie hat das kleine Mädchen immer mitgenommen. Das Mädchen ..."

Plötzlich knallte ein Boller in meinem Kopf. „Das Mädchen hat nicht zufällig Sibel geheißen?"

„Glaube nicht", sagte Dok. „Du hast sie Bebisch genannt."

Uff! Erleichterung pur! Mannomann! Wenn's Sibel gewesen wäre, hätte ich hier in Neuperlach echt den Volltrottel rausgekehrt. Ach, egal! Hier war ich sowieso erledigt. Würde wohl besser jeden Tag nach Oberhaching radeln, dort hatte ich Freunde genug. Mit Lena und den Jungs in Oberhaching konnte ich auch kicken.

„Wir haben deine türkische Freundin nie gesehen. Meistens fuhr dich dein Opa zu deiner Tante, weil wir weg waren. Manchmal sind wir am Abend bei Johanna vorbeigekommen, da war aber die türkische Putzfrau nicht da. Deine Tante und sie waren gut befreundet. Obwohl sie Putzfrau war."

Anne seufzte wieder. „Meine Schwester ist gestorben, und du wurdest sehr krank damals. Wochenlang! Gehirnhautentzündung!"

„Wegen des Mädchens?"

„Nachdem meine Schwester gestorben war, wolltest du immer noch nach Perlach fahren, mit dem Mädchen spielen, aber das Haus meiner Schwester stand ja jetzt leer. Wir haben dich bei Opa in Unterhaching lassen müssen. Wir sind damals von Konzert zu Konzert gefahren. Dann hast du Fieber bekommen."

„Bin ich echt wegen eines Mädchens krank geworden?"

„Du hast sie im Fieber oft gerufen!", sagte Dok. „Wolltest, dass sie zu dir kommt. Die Ärzte haben aber gesagt, dass deine Erkrankung von einem Zeckenbiss stammen würde. Vielleicht kam alles zusammen. Der Tod deiner Tante – du hast Johanna sehr gemocht –, der Zeckenbiss, das ..."

„Mädchen?", fügte ich hinzu und drehte mich zu Anne um. „Und deswegen sage ich Anne zu dir?"

Anne lächelte: „Ja! Auf Türkisch heißt Mutter Anne. So soll das Mädchen immer ihre Mutter gerufen haben: ‚Anne, Anne' ... Irgendwann hast du dann angefangen, mich auch Anne zu nennen."

„Und ich dachte, das kommt von dieser berühmten Geigerin – Anne-Sophie Mutter!", sagte ich. „Von der hast du mir doch oft erzählt."

Dok knallte mit der Handfläche auf die Tischplatte und lachte. „Die ist dann eine zweifache Mutter, he, he, he!"

Anne schaute Dok erbost an. „Was verzapfst du da wieder?"

„Na, im Vornamen ‚Mutter‘ auf Türkisch und im Nachnamen auf Deutsch.“

Anne seufzte zum dritten Mal und guckte wieder mich an. „Auf jeden Fall wurdest du nach zwei Monaten endlich gesund, das Mädchen hast du aber nicht mehr erwähnt. Wir haben es dabei belassen. Wir wollten nicht, dass du wieder krank wirst.“

„Man sollte über seine eigene Geschichte Bescheid wissen“, sagte ich.

„Da magst du recht haben“, sagte Dok.

„Was hast du aber gegen die Türken, Anne? Wenn ich schon als Kind mit einem türkischen Mädchen befreundet war.“

„Äääh … ich habe doch nichts gegen die Türken …“

„Doch, Baby!“, sagte Dok.

„Ich … ich weiß nicht … Da ist … da ist wohl eine komische Angst in mir.“ Jetzt seufzte zur Abwechslung Dok. Anne ging in ihr Zimmer Geige spielen.

„Aber die Türken sind doch nicht anders als wir?“, fragte ich Dok.

„Nein“, sagte er. „Was ist deine Heimat? Oberhaching? Neuperlach? München? Bayern? Deutschland? Europa? Die ganze Welt? Diese Grenzen sind fließend. Wenn du in Bewegung bleibst. Deine Heimat ist hier.“ Dok zeigte auf sein Herz und dann klopfte er sich auf den Schädel. „Und hier!“ Hmm … in Bewegung bleiben? Wo habe ich das schon mal gehört?

☪

Am Freitagnachmittag rief mich Schnauze an:

„Danis und ich kicken mit ein paar Freunden heute an der Putzbrunner.“

„Ich hab mit denen schon am Montag gekickt“, sagte ich.

„Kommst du um fünf hin?“

☪

Vor der eingezäunten Wiese an der Putzbrunner wartete Schnauze auf mich. Ich konnte's ihm nicht so einfach durchgehen lassen. „Dass du dich gegen mich mit zwei Schnepfen verbindest“, sagte ich.

„Bitte, nicht meine Freundin beleidigen!“

„Deine Freundin? Sibel ist deine Freundin?“

„Spinnsdu?“, sagte Schnauze. „Wer würde schon Sibel zur Freundin haben wollen. Die hat was Schlimmes in der Kindheit erlebt und lässt seitdem keinen an sich ran.“

„Genauso wie ich.“

„Lässt du auch keinen an dich ran?“

„Nö … habe aber wohl etwas Schlimmes in meiner Kindheit erlebt.“

Schnauze kicherte. „Vielleicht habt ihr's zusammen erlebt, hi, hi, hi …“

„Nein! Die hat anders geheißen.“

„Sibel macht sich nur über alles lustig“, sagte Schnauze. „Is' so Art Panzer bei der so. Vor Sibel hat jeder Schiss. Ihr Bruder auch!“

„Danis? Der ist doch voll der Macho. Der hat mir selbst erzählt, wie seine Schwester springt, wenn er nur den Finger hebt.“

„He, he, he!“, lachte Schnauze. „Is’ ja egal! Selma is’ meine Freundin.“

„Warum zeigst du dich dann nicht mit ihr?“

„Eeh … geht nicht. Wir müssen uns bedeckt halten.“

„Hast du Angst, dass du sie zwangsheiraten musst, wenn euch ihre Familie erwischt? Oder, dass dich ihr Vater umbringt?“

„Nur ein bissl“, sagte Schnauze. „Mein Vater is’ noch schlimmer. Der zieht ständig über Türken her. Is’ alta Rassist! Er wohnt nicht mehr bei uns aber …“ Er schaute sich um und flüsterte mir ins Ohr. „Mein Alta hat hier überall Spione!“

„Waas … eeecht?“

Schnauze brüllte vor Lachen. „Quatsch! Aber is’ schon großer Spako, mein Papa!“

„Hat er dich auch verprügelt?“

„Jeden Tag!“, sagte Schnauze und grinste. Trotzdem glaubte ich’s ihm. Irgendwie. Er streckte mir die Hand hin. „Freunde?“

Ich klatschte sie ab. „Aber nur, wenn du mir versprichst, ab jetzt normal Deutsch zu sprechen.“

„Klar!“, sagte Schnauze. „Gehma Bolzi!“ Dann lachten wir beide. Wir standen ja bereits auf dem Bolzplatz.

Die Einladung

Die türkischen Jungs warteten schon auf uns. „Wo hast du Lena gelassen?", fragte Danis, der Machoheld.

„Ja, wo ist Lena?", riefen zwei andere.

„Keine Ahnung, Mann!"

Danis führte mich ein Stück weg von den anderen, zum Zaun. „Kannst du mir Lenas Telefonnummer geben?"

„Willst du sie anbaggern?"

„Spinnst du? Ich will nur, dass sie mir einen Trick zeigt."

„Fußballtrick? Den kann ich dir auch zeigen. Wir haben dieselben Tricks drauf."

„Hey, Mann! Gibst du mir ihre Telefonnummer, oder nicht?"

„Schon gut!", sagte ich. „Wollte nur helfen!" Irgendwie hatte ich mit Danis ständig Missverständnisse. Ich simste ihm die Nummer.

„Spielen wir oder was?", riefen die anderen Jungs.

„Klar!"

An dem Tag war das Spiel ausgeglichen. Ich und Schnauze spielten gegen Danis, ich versuchte aber, ihn nicht zu reizen. Wenn ihm schon Sibel zu Hause Terror machte, musste ich ihn ja nicht zusätzlich anheizen. Das arme Schwein – eine so aggressive Hornisse zur Schwester zu haben. Schlimmer als *Hit Girl* in *Kick-Ass*. Kein Wunder, dass er hin und wieder ausflippte. Dann lieber Lena, oder? Nein! Ich wusste echt nicht, wer dominanter war: Lena oder Sibel? Anne hat uns zu Hause auch ständig gesagt, wo's lang geht … hmm … vielleicht waren alle Frauen so drauf. Von wegen Machos!

„Habt ihr morgen Abend Zeit?", fragte Danis Schnauze und mich nach dem Spiel. Das Kicken war ungewöhnlich ruhig verlaufen, keine Schlägerei und so. Die Türken waren wohl doch nicht immer so lustig drauf, wenn's um Fußball ging.

„Klar hab ich Zeit", sagte ich. „Hab Ferien."

„Morgen macht meine Schwester Burger", sagte Danis. „Ihr seid eingeladen."

Und schon winkte uns Sibel von der Straße zu. Heute kam sie in einem grünen Adidas-Anzug: „Danis! Kommst du endlich!" Danis? Mann! Und mir war's so vorgekommen, als ob sie nur mir gewunken hätte. Als ob zwischen uns gar nichts vorgefallen wäre. Was soll's. Ich winkte nicht zurück. Musste die Frau auf Distanz halten.

„Wir müssen schnell zur Tante", sagte Danis und bretterte davon.

Ich schubste Schnauze an. „Gehst du da hin?"

„Wohin?"

„Na, zu Danis und Sibel", sagte ich. „Burger essen!"

„Klar müssen wir hin", sagte Schnauze. „Eine solche
Einladung kannst du keinem Türken abschlagen. Das
wäre eine tödliche Beleidigung." Mann! Seit ich ihm
meine Bedingung gestellt hatte, redete der Typ so fei-
nes Deutsch wie unser alter Deutschlehrer. Das hat
mich aber nur wenig getröstet. Panik hatte mich gepackt. Musste ich echt zu einer türkischen Familie? Zu
dieser bescheuerten Tusse Sibel nach Hause? Was
wenn ich mich da ganz blöd anstellte?
„Bleib cremig, Alter!"
„Ciao!"
Leider hab ich vergessen, Schnauze ein paar Fragen
über die türkischen Tischmanieren zu stellen. Er
musste sie doch kennen, oder? Wenn er eine türkische
Freundin hatte.

☪

Im Hof hatte sich Emre mit einem Brett eine Rampe
gebaut und skatete runter. Hmm … vielleicht konnte
ich Emre über Türken ausfragen. „Wir könnten morgen früh im Skatepark hinter der Putzbrunner Straße
zusammen skaten", sagte ich.
„Mit dir skaten, du Opfer?", fragte Emre. „Was würden meine Jungs dazu sagen, wenn ich mit so Wichser
skate so?" Okay, dann würde's doch keinen Türkisch-
Unterricht geben.

☪

In unserer Küche roch's wie in einer Schokofabrik.
Schokoladenüberfall! Schokolade überall: Auf dem

Boden, an den Wänden. „Wo ist Mama?", fragte ich Dok.

„Sie hatte einen Schwächeanfall und schläft", sagte er.

Ich schaute die mit Schokolade beschmierten Wände an. „Was hast du hier getrieben?"

„Ah, nur einen Hundekuchen für Napoleon gebacken." Auf dem Küchentisch lag etwas mit einem Geschirrtuch zugedeckt. Um den Tisch herum hüpfte Napoleon und machte Radau.

Dok packte das Geschirrtuch und zog es feierlich hoch, als ob er eine Statue enthüllen würde: „Tätärätäää!" Auf unserem Kuchenteller lag ein Schokokuchen in Form eines großen Knochens. „Damit sich Napoleon hin und wieder wie ein Hund fühlt", sagte Dok, nahm das große Kuchenmesser und schnitt ein Stück vom Schokoknochen ab.

Napoleon kläffte vor Freude, als Doks Hand das Knochenstück zu seiner Schnauze führte. „Du bist ein richtig böser Hund, Napoleon!", brüllte Dok. „Pack den Knochen!"

Beim Einschlafen dachte ich an die türkischen Burger am kommenden Abend. Wenn Anne meine Knoblauch-Fahne roch, würde sie mich enterben. Aber auch das machte mir nicht so viel Angst, wie der Besuch bei einer türkischen Familie selbst. Da konnte ich doch viel falsch machen, oder? Wo hockten sie, verdammt? Auf dem Boden um 'ne Feuerstelle, ha, ha? Türken haben sicher keinen Tisch, oder? Essen die alle aus einer Schüssel? Mit den Händen? Ey! Voll eklig! Was machte ich dann? Und der Vater? War der nicht gewalttätig, wenn er schon ein solches Früchtchen wie

Sibel gezeugt hatte. Und … huch … mussten wir nicht Moslems werden und vorm Essen mitbeten? Hingen bei ihnen scharfe Säbel an den Wänden? Blödsinn! Sibels und Danis' Eltern waren sicher nicht zu Hause, oder? Oh, Mann! Warum hatte ich mich auf so was überhaupt eingelassen? Ein Essen bei Dschingis Khan! Ich rief Schnauze an, um ihm ein paar wichtige Fragen über die Manieren bei den Türken zu stellen: „Der Teilnehmer ist momentan nicht erreichbar." Blöde Quasseltante! Immer wenn du mit jemandem reden musst, kommt sie dazwischen.

Die Knoblauchorgie

Der nächste Tag war Samstag, der Tag der Hinrichtung. Oder der Wahrheit? Am Abend stand ich vor einem Reihenhaus in Perlach und bereitete mich mental aufs Schlimmste vor. War zu Fuß hergekommen. Hatte mir ein paar Sachen durch den Kopf gehen lassen wollen. Außerdem: sollte ich bei der Party tatsächlich mit einem türkischen Säbel zum Dönerfleisch zerhackt werden, ging mein Mountainbike nicht verloren. Dok konnte das Radl erben.

Schnauze hatte ich den ganzen Tag nicht erreicht. War sein Handy verloren gegangen? Anne hatte ich erzählt, dass ich ins Kino gehen würde. Wenn ich in der Nacht zu Hause mit 'ner fetten Knoblauchfahne antanzte, konnte ich Anne verklickern, dass es im Kino *Twilight – Biss zum Morgengrauen* gegeben hatte. „Jeder Besucher musste eine Knoblauchknolle essen, um sich vor Vampiren zu schützen", würde ich sagen. Auweia! Oder sollte ich doch wieder heimgehen und

Danis anrufen? „Mann, hey, ich kann nicht kommen, hab Mumps gekriegt!"

War Schnauze schon drin? Warum hatte ich mich mit ihm nicht draußen verabredet, ich Depp? Dann würden wir jetzt zu zweit zum Kreuzzug aufbrechen. Besser gesagt, zum Kreuzweg! Na ja, halb so schlimm, Mann! Danis' und Sibels Eltern waren sicher nicht zu Hause, sonst würden Danis und Sibel ja keine Party schmeißen. Wovor hatte ich also Angst? Ich läutete.

Die Tür machte Selma auf. Manneh! Haben die mich wieder verarscht? War Selma am Ende doch die echte Schwester von Danis? „Zieh dir die Schuhe aus!", rüppelte sie mich an. Ganz verwirrt ließ ich mich erst hineinschleppen und dann hineinschubsen. Bis in die Küche. Selma machte die Küchentür hinter mir zu und überließ mich allein der Küchenkönigin. Der Magierin mit dem dunklen Haar. Sie stand an der brutzelnden Pfanne und zauberte aus Knoblauch und Fleisch Monsterbouletten – boah! – mehr Knoblauch als Fleisch.

Wo hatte ich aber das Bild an der Wand über dem Ofen schon mal gesehen? Ein Berg unter der aufgehenden Sonne? Diese Küche! Die kannte ich doch! Auch auf dem Küchentisch stand ein Berg – aus Fladenbrot, groß wie der Berg Ararat. Auch diese Unmengen Fladenbrot kannte ich doch, oder? Und plötzlich erlebte ich eine von diesen seltsamen Erleuchtungen, die sich in meinem Hirn in der letzten Zeit mehrten. „Bebisch!", sagte ich zu dem kleinen Mädchen, dem ich mit zehn geschworen hatte, es nie zu verlassen.

Einmal hatte Bebisch mir ihre kleine Handfläche hinge-
streckt: Zwei Schokoringe lagen drauf. Einen Ring hat sie
mir in den Mund geschoben, den anderen hat sie selbst
gegessen. „Jetzt sind wir verlobt", hatte sie gesagt.

„Sind wir noch verlobt?" fragte ich jetzt.

„Und ich habe gedacht, du hast mich völlig ver-
drängt und vergessen", sagte sie.

„Ich ... ich ..." Fuck! Stotterte ich plötzlich, oder was?
„Ich war krank", sagte ich. „Ich ... ich hatte eine Gehirnhautentzündung und dann eine Amnesie. Habe
alles vergessen."

„Alles?"

„Na ja, nicht alles. Ich habe dich vergessen."

„Ach, so!", sagte Bebisch. „Du hast mich sozusagen
aus Liebe zu mir vergessen."

„Nee ... ich ..."

„Faule Ausreden!"

Ich guckte ihr direkt in die Augen. „Kann sein, dass
ich dich mit Absicht vergessen habe", sagte ich. „Meine
Tante war gestorben, und ich durfte nicht mehr zu dir.
Vielleicht hätte mich die ..." Mann, plötzlich schämte
ich mich, so was Kitschiges zu sagen, aber ich sagte es
doch: „Vielleicht hätte mich die Sehnsucht nach dir
auch umgebracht. Wenn ich dich nicht vergessen
hätte."

„Ach, so! Du vergisst mich einfach, und jetzt machst
du eine Heldentat daraus. Ach, ihr Männer!"

„Du bist doch Bebisch!", sagte ich. „Warum heißt du
jetzt Sibel?"

„Bebisch war mein Kindername", sagte Sibel. „So
hatten mich meine Eltern gerufen. Kommt von ‚Baby'.

Seit du mich verlassen hast, habe ich mich von keinem mehr Bebisch nennen lassen."

„Ich war echt krank", sagte ich.

„Männer finden immer einen Grund", sagte sie.

„Ich bin nicht so", sagte ich.

„Das wird sich zeigen", sagte sie. Uff! Was meinte sie damit? Sie lehnte sich an die Spüle und guckte mich an: „Als ich damals in der NORDSEE gesehen habe, dass du mich nicht mal erkennst, war ich sehr traurig."

„Du hast doch die ganze Zeit gelacht! Auch im *Obletter* danach."

„Je trauriger ich bin, umso mehr lache ich."

Für den Spruch zollte ich ihr ein paar Sekunden Respekt, musste aber dann doch zurückschlagen: „Und deswegen wolltest du dich rächen? Von wegen: Selma ist die Schwester von Danis und so?"

Bebisch stützte sich die Hände in die Hüften: „Na, hör mal! Du vergisst mich, und dann soll ich wie ein Hund ankriechen, wenn du wieder auftauchst. Ich wollte gucken, wann du endlich die Augen aufmachst. Anscheinend hat's geholfen. Sonst hättest du mich auch jetzt nicht erkannt."

„Das ist sehr hübsch", sagte ich und berührte mit dem Finger eine blaue Perle an ihrer Halskette.

Sie zuckte nicht weg, guckte mir in die Augen. Ich starrte zurück, das hatte ich schon bei Anne trainiert. Bebischs Augen waren groß und klar. Braun wie das Laub im Herbst, wie frisch gepflügte Erde.

„Das ist eine Nazar-Perle", sagte sie. „Um den bösen Blick der Menschen mit hellblauen Augen abzuwehren."

„Ich habe blaue Augen", sagte ich.

„Eben", sagte sie. Kurz hielt sie inne, dann zwinkerte sie mir zu und sagte: „Deine Augen sind dunkelblau wie das Meer." Mannomann! War ich glücklich!

„Sibel?", rief aus dem Flur Danis. „Wo ist Jonas?"

„In der Küche!", rief Bebisch.

Danis steckte den Kopf herein. „Was treibt ihr da?" Bebisch guckte mich an. Sicher bat sie mich lautlos, nicht zu verraten, dass wir mal verlobt waren. Mann! Wenn Danis das rauskriegte, dann gab's wieder 'ne Schlägerei. Ein Deutscher macht sich an die Schwester eines türkischen Jungen ran. Na, wenn das nicht nach einem Ehrenmord rief? Zum Glück war ihr Vater nicht hier. Der würde sofort den Braten riechen, oder? Und seinen Säbel zücken, um den Braten in Scheiben zu schneiden. Warum hatte ich mit zehn um Bebisch herumscharwenzeln können und keine Angst gehabt? Ich hatte doch damals keine Angst gehabt, oder? Die Erinnerungen kamen wie eine Lawine:

Hatte sie im Garten meiner Tante nicht Saltos gemacht? Räder geschlagen? Ich sah ein zehnjähriges Mädchen, das unter einem großen Kastanienbaum turnte wie ein Zirkusakrobat. Aber voll dominant war sie schon damals. Um ihr zu zeigen, was für ein Mann ich war, hatte ich eine volle Schüssel Sauerkirschen aus Tante Johannas Garten gegessen. Samt der Kerne darin. Die Kloschüssel meiner Tante wackelte am Abend unter meinem Beschuss und im Porzellan hatte es danach Absplitterungen gegeben wie nach einem Hagelsturm.

Eeeh … egal! Jetzt mussten die Spuren von damals verwischt werden! „Ich helfe Bebisch nur", sagte ich zu Danis. Scheiße! Da hast du ja voll die Spuren verwischt, du Idiot! Und sie dabei mit dem Namen genannt, den sie seitdem nicht mehr hören wollte. Hätte mir in die Zunge beißen können. Mitten rein in den Fettnapf gelatscht. Aber „Bebisch" war aus mir herausgerutscht wie ein Schluckauf. Mit vor Schreck großen Augen starrte Bebisch mich an. Weltwunderaugen! Groß und braun wie Kiwis. Weltuntergangsaugen!

„Du bist Josch, oder?", fragte Danis und zog aus dem Holzblock neben der Spüle ein Schlachtmesser heraus. Oj! Jetzt würde Blut fließen! Kopf hoch, Mann! Nur noch einmal, bevor er zum Boden rollte! Ich stellte mich vor Bebisch. Sie lachte laut auf, sie ist zu schlau für mich, auch das hatte ich vergessen. Danis warf ihr einen fragenden Blick zu und nahm den Salatkopf in die Hand. „Ich helfe euch mit dem Schneiden." Bebisch flüsterte mir ins Ohr: „Mutig warst du schon immer!" Echt? Hatte sie damit die Sauerkirschen gemeint? Die Zeit mache uns gleicher, sagt Dok. Hier stimmte es wohl nicht.

Danis legte das Messer zurück auf die Küchentheke, drehte sich um und holte aus der Spüle eine Siebschüssel mit gewaschenen Tomaten. Als er sich wieder umdrehte stieß er mit dem Ellbogen an das Messer. Das Messer flog zu Boden, mit der Spitze nach unten, gleich würde es sich in meinen Fuß bohren – der Gedanke kam schnell, doch folgen konnte ich ihm nicht. Bebisch schon: Ihre Hand schoss an meinem Knie vorbei, kurz über meinem Fuß erwischte sie den Messergriff. „Boah!", sagte ich. „Du bist schnell! Danke!"

„Du musst in Bewegung bleiben", sagte Bebisch. Ja! Da war dieser Satz! „In Bewegung bleiben." Den kannte ich also von Bebisch. Sie begann die duftenden Tomaten zu schneiden und kicherte dabei: „Einmal hast du mir zeigen wollen, wie man ein Messer hoch wirft und wieder fängt."

„Ich?"

„Sicher du", sagte Danis zu mir. „Ich mach so einen Blödsinn nicht!"

Bebisch bekam einen Lachanfall, sie packte meine Hand und fuhr mit ihrem Finger über meine Handfläche. Danis guckte etwas zerknirscht zu. „Hier ist die Narbe", sagte Bebisch.

„Echt?" Plötzlich erinnerte ich mich, wie ein Messer sich in meine Handfläche bohrte und ich heulend zur Tante lief.

„An dich kann ich mich aber nicht erinnern", sagte ich zu Danis. „Nur vom Hachinger Bach. Sehr neblig."

Danis folterte den Salat, hackte den Kopf in dünne Streifen. „Du und Sibel habt allein miteinander gespielt. Ich war nachmittags im Hort, wenn unsere Mama bei deiner Tante geputzt hat. Ich weiß von dir nur von Sibel und von unserer Mama. Auch wenn du zu uns gekommen bist, war ich nicht dabei. Hab von dir nur gehört."

„Mich nahm Mama mit, weil ich ihr geholfen habe", sagte Bebisch. „Türkische Männer wollen nicht im Haushalt arbeiten."

„Wir machen Männerarbeit!"

„Hi, hi, hi ..."

„Haben wir uns dann doch nicht geprügelt?", fragte ich. „Damals am Hachinger Bach? Wegen Nscho-Tschi? Daran kann ich mich neblig erinnern."

„Das muss ein anderer Türke gewesen sein", sagte Danis. „Da hab ich nur gescherzt. Ich kenne die Nscho-Tschi gar nicht. Ist die hübsch?"

„Du hast aber Sorgen, Dani", sagte Bebisch.

Danis winkte ab. „Macht schnell! Alle warten auf die Köfte."

„Gibt's auch Tsatsiki-Soße?", fragte ich in der Hoffnung, dass es heute kein Knoblauch gab. Mir ist auch nichts Besseres eingefallen. War immer noch verwirrt.

Bebisch lachte wieder. „Das heißt Cacik, Mann!", sagte Danis. „Wir sind doch keine Griechen. Die Türken haben Cacik erfunden, und jetzt behaupten die Griechen, das wäre ihre Soße."

„Na, du großer Türke", sagte Bebisch. „Hoffentlich willst du keinen Krieg wegen einer Soße führen. Kann sein, dass Cacik doch die Griechen erfunden haben. Wer weiß?"

Sie holte aus dem Kühlschrank eine Glasschüssel. „Da hast du dein Tsatsiki." Sie zog die Frischhaltefolie runter. Boah! Aus der Schüssel ritt eine Horde Knoblauchkrieger und säbelte unsere Nasenhärchen ab. Oh, Mama! Angesichts dieser Knoblauchattacke würdest du ins Koma fallen. Wenn ich diese Cacik-Soße esse, musst du unsere Wohnung sanieren lassen. Gegen Cacik roch Tsatsiki wie Babybrei.

„Danis!", hallte es aus dem Gang. „Du bist dran!"

„Ihr müsst die Köfte ohne mich zu Ende machen", sagte Danis. „Soll ich Selma herschicken?"

„Lass nur!", sagte Bebisch. „Wir sind gleich fertig damit." Ich schnitt Zwiebeln, Bebisch Gurken, wir mischten eine große Plastikschüssel Salat zusammen. „Schneide das Brot auf!" Sie zeigte mir, wie man Fladenbrot schneidet. „Selbst gebacken."

„Für die ganze Nachbarschaft?" Der Brotberg war für nur eine Familie nicht zu erklimmen.

„Nein", sagte Bebisch. „Wir sind doch keine Bäckerei. Nur für uns."

„Alles aufschneiden?", fragte ich, um einen kleinen Scherz zu machen. Sicher war das Brot für die ganze Woche.

„Klar", sagte Bebisch und reichte mir einen Wäschekorb. „Da kannst du das Brot reintun! Hmm ... ich hoffe nur, dass das reicht." Mannomann! Die Türken waren Weltmeister im Brotessen. Sicher aßen sie Brot sogar zu Nudeln und Kartoffeln.

„Dachte, dass Burger aus den USA kommen", sagte ich. „Ihr habt doch Döner, oder?"

„Meinst du wir Türken?"

„Das hab ich nicht negativ gemeint."

Bebisch klopfte mir auf die Schulter. „Ich weiß! Aber die Türken spinnen dir schon etwas im Kopf herum, oder? Du kommst mir ziemlich kribbelig vor. Hast du Angst vor uns?"

„Nein! Überhaupt nicht! Wa... warum sollte ich Angst haben?"

„Na, dass dir mein Papa den Schniedel absäbelt."

„Äääh ... ist dein Papa zu Hause?"

Bebisch lachte. „Meine Burger sind Döner am Stück! Ach, das sind doch Köfte. Traditionelle türkische Küche. Wir essen das sowieso auf dem Teller. Mit Salat und Soße. Das Brot nimmst du dazu."

„Bebisch?"

Sie hob den Zeigefinger und klopfte mir damit gegen die Brust. „Sibel! Bebisch musst du dir erst wieder verdienen!"

Hmm … jeder Schlag ihres Zeigefingers gegen meine Brust ließ meine Pumpe schneller pochen. Ich musste sie ablenken, bevor mein Herz aus dem Brustkorb hüpfte: „Ihr esst schon ziemlich viel Knoblauch, oder?", fragte ich. Upps! Sie verspottete mich wegen blöder Fragen, und ich stellte eine neue blöde Frage. War das zu fassen?

Sibel machte die Küchentür zu und flüsterte mir ins Ohr: „Die türkischen Jungs glauben, dass vom Knoblauch ihre Gurken wachsen!"

„Echt?"

„Knoblauch ist auch ein super Potenzmittel, viel besser als Viagra. Ein türkischer Mann kann zwanzigmal in der Nacht. Leider ist es mit einer krassen Knoblauchfahne schwer, Perlhühner zu finden."

„Äääh … hast du ‚Perlhühner' gesagt?"

„Ich? Nein!"

„Du verarschst mich, oder?"

„Nur ein bissl", sagte Sibel. „Komm! Wir sagen den Kämpfern im Wohnzimmer, dass das Essen fertig ist." Kämpfern?

Im Wohnzimmer standen Danis, ein etwas älterer türkischer Junge, Selma, Schnauze und ein Mann, der etwa so alt wie Dok war. Wohl der Vater von Sibel und Danis. Blöd! Doch zu Hause. Mit dem habe ich gar nicht gerechnet. Hatte gedacht, ihre Alten wären weg.

Ich würde doch nie ein paar Türken zu einer Party einladen, wenn Anne und Dok zu Hause hockten!

Was aber das Schlimmste war: Alle Türken im Zimmer waren voll bewaffnet. Samt Schnauze. Jeder hielt einen Dartpfeil in der Hand und starrte zu Selma, die gerade werfen wollte. Was sollte das, hä? Während die andern ihren Spaß hatten, briet ich, der größte Dartspieler Bayerns, Köfte.

„Schluss damit!", rief Sibel. „Essen!" Sie führte mich zum Hausherrn. „Das ist mein Baba!", sagte sie. Ich checkte sofort, dass Baba auf Türkisch Vater hieß. Bin gar nicht so blöd, oder?

„Und du bist Josch!", sagte Baba.

„Äääh!"

„Was für ein Zufall, dass wir dich wiedergefunden haben!" Ja, das sagte er, obwohl ich mich an ihn überhaupt nicht erinnern konnte. Trotz der Erinnerungsflut im Kopf.

„Meine Frau hat mir viel von dir erzählt, damals." Hmm ... wir kannten uns wohl auch nicht persönlich. Plötzlich wurde er ganz ernst. „Ich dachte, du bist ein Türke!" Streng sah er uns an. Jetzt war's so weit. Wo hatte er seinen Säbel? „He, he, he!", brüllte er plötzlich vor Lachen und schlug mir auf die Schulter. „Nur ein Scherz!"

„Baba ist ein großer Spaßmacher", sagte Sibel und zwinkerte mir zu. Tja, wohl lag's in der Familie.

Sie führte mich zu dem älteren Jungen. „Und das ist Koray. Unser Cousin. Ist gerade aus der Türkei gekommen. Für die Ferien. Koray bleibt aber nur ein paar Tage bei uns. Er fährt dann zu seinem Onkel nach Köln."

Ey! Wie sollte ich mit einem Jungen sprechen, der kein Deutsch konnte? Na ja, Old Shatterhand kam unter den Apachen auch zurecht, auch wenn er ihre Sprache nicht verstand. Nach dem Motto: Ich Panzerfaust, du Winnetou! Old Shatterhand hätte sogar Nscho-tschi geheiratet, die Tochter des Häuptlings, wenn man sie nicht umgebracht hätte. Doks Bücherregal ist voll mit Karly-May-Bänden. Als ich klein war, hat er mir den Schund oft vorgelesen.

Wir gaben uns die Hand. „Ich", sagte ich zu Koray und zeigte auf mich. „Jonas!"

„Du kannst ruhig Deutsch mit mir sprechen, Josch", sagte Koray. „Ich hab Deutsch an der Uni." Wie bitte? Gab's in der Türkei auch Unis?

„Setz dich hin, Josch!", sagte Sibel. „Selma und ich tragen auf."

„Ich heiße Jonas", flüsterte ich ihr ins Öhrchen, an dem eine kleine rote Kirsche hing.

„Ah geh, Josch!", sagte Sibel. „Du musst dich nicht für deinen Namen schämen." Mann! Und sie? Voll unfair, die Frau, oder? Sie durfte ich nicht mehr Bebisch nennen. Und jetzt sollte ich noch ein schlechtes Gewissen haben, dass mir mal 'ne Zecke das halbe Hirn ausradiert hatte.

Sie und Selma liefen in die Küche. Die andern blödelten noch an der Dartscheibe rum und räumten die Pfeile auf.

Mich beschäftigte was anderes. Wo sollte ich mich hinhocken, verdammt? In diesem Wohnzimmer gab's tatsächlich keinen Tisch. Nur ein Sofa an der Wand, auf dem jetzt aber Rucksäcke und Jacken lagen. Dabei hatte mir Sibel gesagt, ich solle mich hinsetzen. Das konnte nur eines bedeuten: Die Türken hockten beim Essen tatsächlich auf dem Boden. So wie ich's in einer Doku über Kurdistan in der Glotze gesehen hatte.

Ich setzte mich also auf dem Boden in den Schneidersitz und zockte ein bissl auf meinem Handy. Bis die anderen fertig mit dem Aufräumen wären.

Sibel und Selma liefen wieder herein. „Warum sitzt du auf dem Boden?", fragte mich Sibel und flüsterte mir zu: „Wir Türken essen nicht auf dem Boden. Wir haben auch Tische." Sie zeigte zum Nebenzimmer, aus dem ihr Vater und die Jungs gerade einen Tisch hereintrugen.

„Ich hätte doch nie gedacht, dass ihr auf dem Boden esst", sagte ich. „Ich musste ... ich musste nur ausruhen. Ich hab meine Tage."

„Frauenfeindliche Sprüchen klopfst du auch noch!", sagte Sibel mit einem Grinsen. „Wir haben hier einen klappbaren Tisch, weil wir den immer wegräumen müssen. Bei unseren Dart-Turnieren kommen bei uns manchmal 30 Leute zusammen."

„Echt?"

„Ja, die Türken sind ein soziales Volk!" Inzwischen wurden aus dem benachbarten Schlafzimmer auch die Stühle hereingetragen.

Die Köfte schmeckten krass lecker. Trotz Knoblauch. Der große Brotkorb, den ich für einen Wäschekorb gehalten hatte, leerte sich wie 'ne Chipstüte. Mann! Sogar Sibel stopfte sich mit Brot voll, als solle nächste Woche das Getreide ausgehen. Nicht Döner! Fladenbrot war das türkische Nationalessen.

„Du hast gewonnen!", sagte ich zu Danis. „Deine Schwester macht wirklich die besten Burger in München."

„Köfte!", sagte Sibel, wurde aber rot wie Rotkäppchen. Kamen hier meine Sprüche etwa an?

„Was esst ihr zu Hause zum Abendessen?", fragte mich Koray.

Ich überlegte: „Wurst, Käse ..."

„Kein warmes Essen?"

„Nee!"

Koray guckte, als hätte ich ihm gesagt, wir verspeisten zum Abend die Erde aus den Blumentöpfen. „Du bekommst echt nichts Warmes zu Abend? Du arme Sau!"

„Na, na, solches Deutsch hast du sicher nicht an der Uni gelernt, Koray", sagte Baba.

„Das habe ich von Schnauze gelernt." Baba schüttelte den Kopf, und Schnauze tat, als wären ihm die Schnürsenkel aufgegangen. Selma lachte und verpasste Schnauze einen sanften Klaps.

„Weißt du, wie sich ein Türke von einem Deutschen unterscheidet", fragte mich Baba.

„Nein", sagte ich.

„Ein Türke schneidet seine Köfte mit der Gabelkante, spuckt auf den Boden und tut die Folien, mit denen die Sitze seines neuen Autos bezogen sind, erst nach zwei Jahren ab, damit das Auto immer noch neu ausschaut. He, he, he ..." Ich fühlte mich immer heimischer. Sibels Vater schien gar nicht so viel anders zu sein als meiner. Werden alle Jungs zwanghafte Komiker? Wenn sie erwachsen sind?

„Wer will Çaj?", fragte Sibel nach dem Essen. Weil's alle wollten, wollte ich auch.

„Ist das nicht Tee?", fragte ich leise Schnauze, der neben mir hockte, als Sibel und Selma eine komische Metallkanne mit Hahn und die Tassen hereintrugen.

„Tee klingt wie Teer!", sagte Schnauze. „Çaj schmeckt besser."

„Wir wollen morgen Koray München zeigen", sagte Sibel. „Er ist zum ersten Mal in Deutschland. Ihr habt alle Fahrräder, oder? Kommt ihr mit?"

Ihr Papa rekelte sich: „Ich muss morgen die Blumentöpfe auf dem Balkon umsetzen, Bebisch. Das habe ich eurer Mutter versprochen!"

Sibel saß neben ihm und schubste ihn mit der Schulter. „Dich habe ich nicht gemeint, Baba! Das ist etwas für junge Leute."

„Na, hör mal! Ich komme mit! Dann zeige ich dir, wie ein alter Mann Fahrrad fährt! Ho, ho! ... Beim Radrennen um den Tegernsee habe ich eine Medaille bekommen."

„Baba! Du hast doch erzählt, dass du damals den vierten Platz belegt hast."

„Äääh ... ja, damals hat's noch Medaillen für die ersten vier Plätze gegeben."

„Baba!"

Ich nahm mir vor, ab jetzt ganz cremig zu bleiben. Eigentlich ging's bei den Türken zu wie bei uns. Nur ein bissl weniger verrückt. Hmm ... sogar irgendwie etwas harmonischer. Aber sonst wie bei uns. Oder?

„Nehmt eure Fußballschuhe mit!", sagte Danis.

„Morgen zeig ich euch, wie man bei *Beşiktaş Istanbul* Fußball spielt!", sagte Baba und Danis verdrehte die

Augen. Ach, so! Jetzt waren wir wieder bei *Beschik-tasch*. Wie damals auf dem Bolzplatz. Als ich Schnauze kennengelernt hatte. Da konnte ich mich ja jetzt schon auf Morgen freuen. Sicher würde es wieder eine kleine Schlägerei geben. Vielleicht auch eine große? Mann! Super!

Frauenarbeit

Ich half Sibel und Selma mit dem Aufräumen. „Das ist Frauenarbeit“, zischte mir Danis zu, leider so laut wie ein geplatztes Wasserrohr. Sibel hatte ihn natürlich gehört.

„Du hilfst auch mit“, sagte sie und drückte Danis einen Haufen Teller in die Hände. „Von wegen Frauenarbeit! Wächst aus meinem Brüderchen etwa ein Macho heran?“

„Ich will Darts zocken“, motzte Danis. „Wieso gibst du mir ständig Befehle? Du bist nur zwölf Stunden älter!“

Als er aber sah, dass Sibel stehenblieb, ihre Hände in die Seiten stützte und den Mund aufmachte, fügte er nur hinzu: „Ich mach ja schon“ und trabte in die Küche. Baba grinste und trug die Stühle ins Nebenzimmer.

„Ich helfe dir später“, sagte Selma zu Sibel. „Wir müssen das Turnier zu Ende spielen.“

Ich packte den Teller voll Besteck und jagte Danis nach. Hmm ... diese Küche ... – hatte sie mir meine Erinnerungen zurückgegeben, oder war die Zeit sowieso reif dafür gewesen?

Danis bückte sich vor der geöffneten Spülmaschine. „Du hast uns die Arbeitsteilung voll versaut!", schnauzte er mich an. „Bis jetzt hat sie alle Küchensachen allein gemacht. Wo soll das nur hinführen, wenn Männer in der Küche schuften, während Frauen Darts zocken?"

„Hast du Lena angerufen?", fragte ich. Danis verstummte sofort. Ich ließ das Fragen und schob die Essensreste von den Tellern in den Mülleimer.

Sibel fuhr in die Küche wie ein Piratenschiff in seinen Heimathafen. Unter der dunklen Flagge ihres Haars. Manchmal glitt sie anmutig durch die See wie ein friedliches Segelboot, plötzlich wandelte sie sich aber in die *Black Pearl*.

„Du hast dein Brot nicht aufgegessen", sagte Danis und zeigte auf den Teller in ihrer Hand. Er bückte sich wieder zur Spüle.

„Ich weiß", sagte Sibel. Sie guckte mir in die Augen, nahm das Brot von ihrem Teller, mit ihrem Blick weiter in meine Augen Fragezeichen malend, sie küsste das Brot und warf es in den Abfalleimer. Küsste sie alles, bevor sie's wegwarf? War bei ihr also der erste Kuss der letzte? „Ich freue mich, wenn Mama wieder da ist", sagte sie.

Danis grinste: „Frauenarbeit, schwere Arbeit, was?"

Sibel wuschelte ihm durchs Haar. „Wenn du weiterhelfen willst, werde ich für dich schon Arbeit finden."

Das brachte Danis sofort zum Schweigen. Bei den beiden konntest du den Boss mühelos erkennen. Warum Danis dann aber gerade Lenas Telefonnummer wollte? Lena war nicht nur voll der Chef wie Sibel, sondern brutal noch dazu. Wenn wir Jungs in der Schule nicht horchen wollten, dann schwang Lena keine großen Reden und verdrosch uns gleich. Gegen Lena war Sibel sanft wie ein Lamm.

„Ich muss mal", rief Danis und verzog sich schnellstens aus der Küche. Die Dartpfeile schossen wohl schon durch seinen Kopf.

„Dein Papa ist lustig", sagte ich zu Sibel. „Ich hab gedacht, die Türken ..." Ich stutzte. Mann! Ich sollte hier nicht ständig mit Annes Meinungen über die Türken herausplatzen. „Der ... der würde sich super mit Dok verstehen."

„Und was hast du dir über die Türken gedacht?"

„Na, dass ... dass sie ... dass sie voll auf Tradition stehen und so. Viele türkische Frauen tragen doch Kopftuch."

Sibel guckte mich lange an, schüttelte den Kopf, guckte zur Tür und flüsterte wieder. „Einmal hat mich ein fremder deutscher Junge im Englischen Garten nur angelächelt, da hat Baba ihn in die Isar geworfen."

„Echt?"

„Ja! Und damals in der Türkei hat Baba einem Typen das Ohr abgeschnitten. Nur weil der Typ Babas Schwester zum Tanzen aufgefordert hatte. Die Türken sammeln nämlich die Ohren von ihren Feinden. Als mein Baba jung war, noch in seinem Dorf in Anatolien, hatte er zu Hause einen ganzen Sack mit getrockneten Ohren seiner Feinde. Du solltest also aufpassen."

„Ich?"

„Wer sonst? Du darfst hier nie verraten, dass wir mit zehn verlobt waren. Sonst bist du dran! Im Schlafzimmerschrank hat mein Baba seinen Säbel und seine Pistolen versteckt."

Scheißeee! Ich stand an der Spüle, die Hand auf die Spülplatte gelegt. Sibel strich mir mit dem Zeigefinger über den Handrücken. „Keine Angst!", sagte sie. „Ich verrate dich nicht!" Ich fühlte, wie mir eine Horde giftige Termiten die Wirbelsäule hinaufkroch. Ob aber vor lauter Schiss oder wegen Sibels Berührung, vermochte ich nicht zu sagen.

Selma steckte den Kopf in die Küche: „Dürfen wir zu Ende spielen? Oder soll ich euch helfen?"

„Spielt ruhig weiter!"

„Ich helfe", sagte ich zu Selma. Selma zwinkerte mir zu und verschwand.

Ich reichte Sibel die restlichen Teller, sie stellte sie in die Spülmaschine. „Wer ist denn Dok?"

„Mein Vater!", sagte ich. „Der auf dem Fahrrad." Nee! Klar hatte ich's nicht gesagt. Dok war nicht nur ein Spaßvogel wie Sibels Vater, sondern vollkommen durchgeknallt und unberechenbar. Den musste ich hier voll verheimlichen. Sicher würde sich nie eine Frau finden, die einen solchen Schwiegervater akzeptierte ... upps ... habe ich gerade Dok in Gedanken Schwiegervater genannt? War ich wieder verknallt in ... Bebisch? Egal! Dok musste auf jeden Fall in meinem geheimsten Giftschrank verborgen bleiben.

„Wo ist überhaupt eure Mutter?", fragte ich.

„Anne ist …“

„Wegen dir sage ich zu meiner Mutter auch Anne“, sagte ich stolz. „Siehst du?“

„Wieso wegen mir?“

„Na, weil du deine Mama immer Anne gerufen hast, hab ich auch angefangen, zu meiner Mutter Anne zu sagen. Das hat mir Anne … äääh … meine Mutter erzählt.“

„Echt?“, fragte sie. „Aber meine Mama heißt wirklich Anne.“

„Das gibt's doch nicht!“, sagte ich. Ich musste wohl eine krass bescheuerte Miene geschmissen haben.

Sibel krümmte sich wieder vor Lachen. Sie packte mich an der Schulter, hielt sich an ihr fest wie an einem Rettungsast, und ließ sich durchschütteln. Schön, oder?

„Das war nur ein Scherz“, sagte sie. „Ich sage Anne zu Anne, weil sie meine Anne ist und nicht weil sie Anne heißt.“ In meiner Verwirrung brauchte ich etwa eine Minute, bis ich's gecheckt hatte.

Sibel schaute mir beim Denken zu und half mir, indem sie ihren Zeigefinger neben ihrer Schläfe kreisen ließ. Die Mädels sind manchmal so was von arrogant, aber echt …

„Vor unserer Mama musst du keine Angst haben“, sagte sie. „Sie ist in der Türkei. Nächste Woche kommt sie mit unserer Oma zurück. Aber wegen Oma. Junge, Junge! Unsere Oma kommt zum ersten Mal nach Deutschland. Sie ist wahnsinnig konservativ. Und so was von gewalttätig. Als Banditen unser türkisches Dorf überfallen haben, hat sie sie alle … ach, lassen wir das.“

Ich spürte, wie sich mein Rückgrat vor Angst davon schlängeln wollte. „Na, sag schon! Was hat deine Oma mit den Banditen angestellt?“

„Sie hat drei von ihnen in der Nacht die Kehle durchgeschnitten. Die anderen sind davongelaufen. Sie haben gedacht, ihre Kumpel wären von Dämonen umgebracht worden.“

„Mensch!“, sagte ich. „Hast du mir solche Geschichten auch damals mit zehn erzählt?“

Ihr Lächeln wurde traurig wie der ausgehende Abend. Sibel konnte traurig lächeln. Wirklich! „Wir hatten damals keine Zeit für Mord und Totschlag, Josch!“ Dann guckte sie mir so tief in die Augen, als wollte sie meine Gedanken lesen. Doch da war nichts! Ihr Blick löschte jeden Gedanken in mir aus. Bis sie wieder lächelte: „Bei unserer Oma musst du auf jeden Fall extrem vorsichtig sein! Sie ist mit Messern aufgewachsen. Vor Oma hat sogar mein Baba Angst.“

Sie trat ganz nah zu mir: „Gib mir einen ...“ Oh, jetzt würde er kommen, der erste Kuss! Und ich würde zurückküssen, jawohl! Trotz der brutalen Oma. „Gib mir einen ... Gib mir einen Grund, Josch“, sagte sie, „dich wieder zu lieben.“

„Du willst mich prüfen?“, fragte ich.

„Kann sein ... vielleicht will ich aber auch nicht mehr. Vielleicht ... vielleicht habe ich schon einen anderen Freund. Ich konnte nicht warten. Du hast mich vergessen!“

Plötzlich wurde ich krass spontan. „Schau her!“, sagte ich und zeigte auf meine Brust. „Kannst du nicht in mein Herz sehen?“

„Nö!", sagte sie. „Du Spinner!" Hey! War ich romantisch! Aber cool! Sicher war das mit ihrem Freund nur ein Scherz, oder? Ich fühlte mich cremig wie ein Sahnetörtchen. Bis Sibel ihre nächste Frage stellte:

„Wie alt ist dein kleiner Bruder?"

„Mein kleiner Bruder?" Fast hätte ich gesagt, dass ich keinen Bruder habe, doch zum Glück fiel mir plötzlich mein *Obletter*-Abenteuer ein und die Ekschn mit dem Tierhäuschen. Boah! Wie sollte ich jetzt meinen kleinen Bruder verschwinden lassen. „Manche Falten kannst du nicht ausbügeln", sagt Dok. „Eeeh ... mein kleiner Bruder ... eeh ... ja, der ist zehn! Genau!" Shit! Spielen zehnjährige Jungs noch mit Plastiktieren? Na, jetzt war's sowieso zu spät.

Zum Glück schien sich Sibel nicht zu wundern. „Zehn?", sagte sie. „Dann könnte er doch mit uns radeln. Familie ist das Wichtigste."

„Eee ... er ... mein kleiner Bruder ist gelähmt. Er sitzt im Rollstuhl."

„Der Arme", sagte Sibel. „Ich muss ihn unbedingt kennenlernen."

Die Lüge ist die Mutter der Lüge, die immer neue Kinder in die Welt setzt, fiel mir da plötzlich ein. Gut, der Spruch, oder? Den sollte ich mir aufschreiben ...

Ich bin Jack Sparrow, der Herr der Meere

Von der Köfteparty mit Knoblauch fuhren Selma, Schnauze und ich mit dem 55er Bus nach Neuperlach – heim. Der schwarze Vogel der Nacht hatte sich schon vor Stunden aufs Dach der Stadt gehockt. Ich lebte aber noch. Krass! Vorne im Bus nur drei Fahrgäste, hinten wir. Als vorne beim Fahrer ein Typ einstieg, etwas älter als Dok und doppelt so fett, entfuhr Schnauze ein „Ach, du Scheiße!"

„Ach, du Scheiße!", dachte ich auch. Wohl ein Kontrolleur. Warum hätte Schnauze sonst geflucht? Und das musste wieder mal einem wie mir passieren, der nie stempeln gelernt hatte. Ich war ständig mit meinem Radl unterwegs. Konnte mit den Fahrkarten nicht gut umgehen. Und jetzt! Kontrolleur! Fuck!

Einen super Riecher hatte der Typ. Hielt sich überhaupt nicht mit den drei Fahrgästen vorne auf und steuerte uns direkt an. Wieso er aber mit einem so guten Riecher wegen seiner eigenen Bierfahne nicht in Ohnmacht fiel, war mir echt ein Rätsel.

Er blieb vor unserem Vierersitz stehen. Sein Bauch hing ihm über den Gürtel runter und drohte, ihm die Hose auszuziehen. Scheißeee! Diesen Anblick mochte ich nie erleben. „Da bist du ja", sagte er zu Schnauze und warf einen kurzen Blick auf Selma. „Treibst du dich wieder mit Kanaken rum?"

Das verpasste mir echt einen Schock. In Oberhaching zogen ja auch einige ständig über Ausländer her, aber so krass?

Schnauze stand auf und bombte ihm eine auf den Kiefer. Der Widerling fiel auf den benachbarten Vierersitz und guckte Schnauze verblüfft an. „Gute Nacht, Arschloch!", sagte Schnauze. „Ich bin Jack Sparrow, der Herr der Meere!" Er drehte sich zu uns um. „Kommt! Wir gehen zu Fuß!"

Der Bus hielt an. Schnauze nahm Selma an die Hand. Sie stiegen aus. Der Busfahrer hatte anscheinend nichts mitgekriegt, auch die drei Fahrgäste vorne nicht, und hinten saßen nur wir. Die Nacht nahm uns in ihren ruhigen Schoß.

Schnauze drehte sich kein einziges Mal um. Ich schon. Der Dicke hockte immer noch auf dem Vierersitz und starrte uns nach. Es gab wohl auf der Welt noch andere Leute als mich, denen hin und wieder etwas die Sprache verschlug.

„Du bist mein Ritter, mein Prinz", sagte Selma draußen zu Schnauze und küsste ihn. „Mein König der Meere!"

„War das dein Vater?", fragte ich.

„Klar!", sagte Schnauze. „Keine Ahnung aber, ob man diesen Kerl noch als Vater bezeichnen kann."

„Und mit ihm fährst du jede Woche nach Franken?"

„Nou!", sagte Schnauze. „Meine Mama hat sich von ihm schon vor zwei Jahren getrennt. Mama kommt aus Franken, nicht er. Mein Alter wohnt allein, macht aber immer noch Stress, wenn er mich sieht."

„Mann! Dass du so viel Mut hast, deinem eigenen Vater eine reinzuhauen."

„Weiß nicht, ob Mut dazu gehört. Er hat mich jahrelang verprügelt, als ich mich nicht wehren konnte. Jetzt bekommt er halt was zurück, wenn er danach fragt."

„Du bist mein Held!", sagte Selma zu Schnauze.

„Meiner auch", sagte ich zu ihm.

„Bis Morgen!"

„Gute Nacht, Josch!", sagte Selma. Hier unter den Straßenlampen am Krankenhaus Neuperlach schaute sie ganz hübsch aus. Auch mit ihrem gesprayten Haar. Selma stand die Nacht gut. Sibel der Tag! Auf eine Nacht mit Sibel wagte ich nicht zu hoffen.

☪

Als ich heimkam, befahl Anne zum ersten Mal in der Geschichte unseres gemeinsamen Wohnens, in der Nacht alle Fenster offen zu lassen. Musste sowieso keine Angst vor Dieben haben. Meine Knoblauchfahne flatterte aus den Fenstern, hoch gehisst, und schreckte jeden Dieb weit und breit ab. Wegen Stress mit Dok hatte Anne mich und meine Knoblauchfahne zum Glück verdrängen müssen. Diesmal hat der Kühlschrank unseren Hausfrieden bedroht.

Anne guckte gerade hinein: „Jetzt taue ich den Kühlschrank schon den halben Tag ab, aber die Hinterwand ist immer noch zugefroren. Siehst du diesen Eisblock am Gefrierfach? Der taut bestimmt heute Nacht auf und überschwemmt unsere ganze Küche." Vor dem Umzug hatten wir vergessen, den Kühlschrank abzutauen und mussten ihn mit dem in den letzten Jahren angebauten Eis transportieren.

„Kein Problem!", sagte Dok. „Den kann ich gleich weghämmern!"

„Den Eisblock?", fragte ich. „Oder den Kühlschrank?"

Anne schüttelte resolut den Kopf: „Besser nicht! Du könntest den Kühlschrank beschädigen. Wir haben kein Geld, um einen neuen zu kaufen."

Dok versuchte sie zu beruhigen: „Ganz sanft mache ich das! Keinen kleinen Kratzer! Versprochen!"

Er nahm Hammer und Meißel in die Hand. Und BUMM! Na, ein kleiner Kratzer war's echt nicht: Dok hatte den Eisblock mit der halben Kühlschrankinnenwand rausgehauen. Anne fiel in Ohnmacht. Dok zerhämmerte den Eisblock auf dem Laminatboden und massierte Annes Schläfen und Stirn mit einem Tuch voller Eisblocksplitter. Sie wachte auf und starrte auf die Löcher im Boden. „Was ist das?", fragte sie nach einer Weile.

Dok räusperte sich. „Papa musste schnell den Eisblock kaputtschlagen", sagte ich. „Wir haben Eis gebraucht, um dich wiederzubeleben." Anne fiel wieder in Ohnmacht. Zum Glück hatten wir jetzt genug Eis. „Alles Schlechte ist zu etwas gut!", sagte ich.

Dok schaute mich an: „Du wirst langsam so weise wie ich!"

Anne machte die Augen auf: „Arschlöcher!", sagte sie. Das hatte ich von ihr noch nie gehört. Neuperlach hatte auf Anne einen recht guten Einfluss. Wir trugen sie ins Bett. Sie war so fertig, dass sie nicht mal mehr wegen meiner Knoblauchfahne motzte. Nur die Fenster mussten offen bleiben.

Bevor ich schlafen ging, googelte ich nach einem schönen türkischen Satz, den ich Sibel sagen könnte – sollte es mal so weit kommen: „Askim seni seviyorum deliler gibi." Was ungefähr bedeutet: „Meine Liebe, ich liebe Dich wie verrückt."

Mit Hilfe vom Google-Übersetzer hab ich den Satz sogar auszusprechen gelernt. Auch wenn ich befürchtete, Sibel würde mir nie verzeihen. „Frauen mögen's nicht, wenn man sie vergisst", sagt Dok. Sicher würde ich nie sagen können: „Askim seni seviyorum deliler gibi."

Selbstverständlich irrte ich mich wieder. Aber Hand aufs Herz. Konnte ich in diesem Augenblick wissen, dass ich bald jemandem anderen als Sibel auf Türkisch sagen würde: „Meine Liebe, ich liebe Dich wie verrückt."

Kurz vor dem Schlafengehen bastelte ich für Napoleon bei Facebook noch ein paar Fanseiten zusammen und schickte meinen Freunden eine Einladung dafür. Noch als ich am Computer hockte, klickte man bei Napoleon 21mal auf *Gefällt mir*. Bald würde aus unserem Schoßhund ein Influencer werden.

Der Ausflug

Am Sonntag war auf dem Parkplatz vorm PEP die halbe Türkei aufgetaucht: Sibels Cousin Koray auf einem geliehenen Fahrrad und zwei von den Jungs, die mit uns an der Putzbrunner kickten: Murat und Haluk und ein paar Mädchen. Selma kannte ich, Sarafia und Medina nicht. „Deine Freundinnen?", fragte ich Sibel.

„Meine Cousinen!", sagte sie.

„Wie viele hast du denn?"

Sibel seufzte. „Weiß nicht genau. Vielleicht erfahren wir das bei der nächsten Volkszählung." Immer zum Scherzen aufgelegt, das Mädchen.

„Na, zumindest habt ihr auch ein paar Freunde und nicht nur Cousinen und Cousins." Ich zeigte auf die zwei Jungs.

„Murat und Haluk sind auch meine Cousins." Jetzt seufzte ich.

Auch die Cousinen – die Cousins sowieso – lebten wie Selma, Schnauze und ich in Neuperlach, nur

Danis und Sibel wohnten in Perlach. Sibels Baba hatte sich tatsächlich frei genommen und war mitgekommen.

„Nächstes Mal musst du deinen Papa auch mitbringen", sagte Sibel. Uff! Nie! Zum Glück gab's Ablenkung von diesen schlimmen Zukunftsaussichten: Giorgio Armani hatte Sibel in weiße Shorts und ein weißes T-Shirt ohne Ärmel aber mit einem Fenster mit Aussicht gesteckt und ihr dann von den Klamotten die Markenschildchen abgeschnitten, weil er vor seinem eigenen Geniestreich Schiss gekriegt hatte. Ob sie unter dem T-Shirt einen BH trug? Keine Ahnung! Ich konnte ja nicht die ganze Zeit auf ihren Busen glotzen. Aber ein kurzer Blick sagte mir: Eher nicht! Oben ohne: Ohne Kopftuch und ohne BH!

Sibel mit Kopftuch konnte ich mir sowieso nicht vorstellen. Ein Mädchen, das ständig so krass in Bewegung bleiben musste. Die weißen Klamotten setzten krass gut ihre etwas dunklere Haut und ihr dunkelbraunes Haar in Szene. Leicht und luftig. Am liebsten würde ich ein Maßband nehmen und messen und messen, und dann rechnen, wie viel Anteil an diesem kosmisch schönen Bild ihre nackte Haut hatte. Sicher über 50 Prozent, vor allem dank ihrer langen Beine und dem Fenster zum Busenhof. Ich war verwirrt!

☪

Oft hatte Bebisch … – ja, ich sagte jetzt in meinem Kopf Bebisch, weil ich's damals sagen durfte … – sie hatte zu meiner Tante türkischen Honig mitgebracht, manchmal aber auch eine Tafel Ritter-Sport Edelvollmilch, die wir brüderlich ... äääh ... schwesterlich ... äääh ... egal ... teilten. Bebisch meinte, wenn man so viele Saltos mache wie sie, müsse man auch viel Schokolade essen. Sie war mir sportlich immer etwas überlegen. Klar war ich als Mann bei anderen Dingen voll vorne. Beim Essen zum Beispiel. Tante Johanna hatte uns Erdnüsse gegeben. „Schade, dass man die Erdnüsse ständig schälen muss, bevor man sie isst", sagte Bebisch. Wir hockten auf einer Decke im Garten.

„Die kann man auch mit der Schale essen", sagte ich. „Guck!" Ich warf eine Erdnusshülse hoch und schnappte sie direkt mit meinem Mund auf. Bebisch glotzte nicht schlecht bei meinem Kunststück. Ich kaute die eklig trockene Erdnusshülse runter, schnitt dazu aber ein Gesicht, als ob ich Tiramisu essen würde.

„Ach, ihr Männer!", hatte Bebisch gesagt. Zur Sicherheit verdrückte ich die halbe Tüte Erdnüsse mit Schalen. Damit sie nicht dachte, ich würde das nur spielen – dass ich die Erdnussschalen so lecker fand.

☪

Jetzt hockten wir auf unseren Fahrrädern etwas abseits von den andern. „Vergessen!", sagte Sibel ernst. „Vergessen ist wie Weggehen."

„Warum glaubst du mir nicht? Ich war echt krank! Fiese Bakterien haben jede Erinnerung an dich in meinem Hirn gelöscht. Das war nicht ich!"

Sibel grinste wie eine Löwin, die ihre Beute wittert. „Hast du nicht zu viele Science-Fiction-Filme gesehen?"

„Ich durfte nicht zu dir. Wer weiß ... wie gesagt, vielleicht musste ich dich vergessen ... um nicht verrückt zu werden ..."

„Ich habe dich nicht vergessen", sagte sie. „Auch wenn ich nicht zu dir konnte."

„Frauen sind wohl stärker als Männer."

„Das stimmt!", sagte Sibel. Ungesund selbstbewusst, oder?

„Habe ich keine Chance mehr bei dir?"

Sie guckte über meine Schulter zu den andern: „Wer weiß schon, was ich in der Zukunft fühle. Wenn du dort weiter machen willst, wo wir vor sechs Jahren aufgehört haben, musst du ein paar Prüfungen bestehen."

„Ach du Scheiße!"

„Du hast es erfasst", sagte sie. „Wenn man sechs Jahre lang kein Auto fährt, kann man sich auch nicht gleich ans Steuer hocken, voll durchstarten und Unglück über die Leute bringen. Wir haben damals sehr viel Zeit bis zu unserer Schokoladenverlobung gebraucht. Durch dein Vergessen hast du unsere Beziehung wieder bis in den Kindergarten zurückgeworfen."

„Was soll ich machen, damit du mir glaubst?"

„Nur Geduld! Das wirst du alles erfahren. Zuerst möchte ich aber deinen kleinen Bruder kennenlernen. Vielleicht ist er genauso wie du damals mit zehn. Ich will mich an alles erinnern, was du mir versprochen hast." Oh Mann! Wo trieb ich jetzt einen kleinen Bruder auf? Wir schwangen uns auf unsere Räder und fuhren los.

Sibel preschte auf ihrem Männer-Rennrad bis nach vorne zu Danis und ihrem Baba. Bei diesen langen Beinen konnte sie sich ein Männer-Fahrrad leisten. Eine Sportlerin vor Gott! Sogar Lena fuhr ein Damen-Fahrrad.

Schnauze wartete auf mich. Selma fuhr vorne. Wir bildeten die Nachhut. „Dieses ständige Versteckspiel geht mir auf den Sack", sagte Schnauze.

„Versteckspiel?"

„Selma und ich. Für Baba und die anderen Türken bin ich Freund von Danis. Nur Danis und Bebisch wissen Bescheid."

„Echt?", fragte ich. „Ich hab gedacht, die Eltern von Selma sehen das locker."

Schnauze wich einem Fußgänger aus. „So was sieht kein türkischer Vater locker."

Scheiße! Was stand mir da noch bevor? „Du hast nicht zufällig einen kleinen Bruder?", fragte ich.

„Wieso?"

„Muss mir einen ausleihen."

„Wegen Sibel?"

„Hmm!" Ich seufzte sehr, sehr tief. „Wir haben uns früher gekannt!"

„Ich weiß. Danis hat's mir erzählt. Aber wozu brauchst du einen kleinen Bruder?"

Ich erzählte ihm meine *Obletter*-Geschichte. „Und jetzt will Sibel unbedingt meinen Bruder kennenlernen."

„Geht ihr zusammen, oder was?"

„Nö, aber ..."

„Aber du möchtest schon, oder?"

„Ja!", sagte ich. Bis jetzt hätte ich auf eine solche Frage immer, „nein", gesagt. Bis jetzt. Doch Sibel wollte ich nicht mehr verleugnen. Das wäre nicht cool.

Schnauze wich einem Stein aus. „Wir leihen uns halt einen Zehnjährigen aus!"

Vor Schreck bin ich fast ins Gebüsch gefahren. „Hä? So was leiht uns keine Mutter."

„Bleib cremig, Alter! Wir müssen sie nicht fragen."

„Das ist dann eine Entführung, Mann", sagte ich.

„Nö!", sagte Schnauze. „Wir geben ihn ja zurück. Das ist keine Entführung."

„Du bist echt bescheuert."

„Ich bin halt Hauptschüler", sagte Schnauze.

☪

Wahrscheinlich ist der Rest von München viel schöner als Neuperlach, zum Beispiel der Schotterweg entlang der Isar, auf dem wir radelten: Natur pur, echt hübsch! Trotzdem hatte ich plötzlich das Gefühl, dass wir durch fremde Gebiete fuhren.

Natur gibt's in Neuperlach ja auch. Ein paar Hundert Meter hinter unserem Haus keilt der Truderinger Wald die bebauten Viertel auf wie der Sherwood Forest das Herrschaftsland des Sheriffs von Nottingham. Im Truderinger Wald treibt sich aber nicht Robin Hood rum, sondern Gangsta-Rapper aus Neuperlacher Grundschulen. In Neuperlach haben wir nicht nur Natur, sondern auch Kultur.

Mann! War ich jetzt in Neuperlach zu Hause? Schon nach ein paar Wochen? Mehr als je in Oberhaching, wo ich sechzehn Jahre lang gelebt hatte? Ist die schwierigste Suche die nach deiner Vergangenheit?

Wir radelten in einen großen Park. Schon die Autos, die auf den Parkplätzen um den Park herumstanden, sahen anders aus, als die Autos in Neuperlach. Etwas zu neu! High-Tech! Luxus! Wer hockt sich schon in so 'nen Schlitten rein. Da würden doch deine Eltern ständig ausflippen, wenn du Ketchup von den Pommes auf die Sitze schmierst.

Auch die Jungs, die im Park kickten, kamen mir gestylter vor, als wir, na ja, bis auf Sibel – ihr hatte der Friseur Wind eine Wahnsinnkomposition auf den Kopf gezaubert – als wäre sie gerade aus einer Modezeitschrift gehüpft.

Die fremden Jungs kickten in Schuhen, die ich bis jetzt nur im Laden gesehen hatte – die iPhones unter den Fußballschuhen. Ausstellungsstücke von Puma und Adidas. Noch spielten sie nicht, sie kickten im Kreis rum und testeten ihre Luxus-Schuhe. Waren sowieso nur sieben. Drei gegen vier ist eine ziemlich blöde Fußball-Konstellation. Fünf gegen sechs geht schon besser. Am besten sieben gegen sieben. Wir waren auch sieben Jungs. Baba eingerechnet.

Danis und Baba stiegen von ihren Fahrrädern und hielten die ganze Türkenhorde hinter sich an, mich und Schnauze eingerechnet. „Wollt ihr gegen Neuperlach spielen?", rief Danis zu den Jungs.

„Nicht gegen Neuperlach!", rief Baba. „Gegen die Türkei!"

„Scheiße!", flüsterte einer von den Jungs zu seinen Freunden. „In München sind die Osmanen eingefallen!"

„Halt's Maul, Christof!", sagte ein Rothaariger – der Größte von ihnen mit einer Menge Autorität in der Stimme. Er drehte sich zu uns und rief: „Okay, spielen wir. Deutschland gegen Türkei! Bei uns dürfen aber nur Deutsche spielen. Und bei euch nur Türken!"

„Geht klar!", rief Danis.

„Und die zwei Blondinen bei euch?" Damit meinte er wohl Schnauze und mich. Sonst kein blondes Haar weit und breit.

„Isch bin Albino-Türkisch, Alta!", rief Schnauze.

Jetzt guckten alle zu mir. Am intensivsten Sibel. Ihr Blick grub Furchen zwischen meine Hirnzellen. Blöd! Schnauze zu spielen, schämte ich mich irgendwie. Was sollte ich aber sonst sagen? Ich kannte ja keinen einzigen türkischen Satz … „Doch, Mann!", sagte eine Stimme in meinem Hirn, du kennst einen türkischen Satz. Klar! Den ich gestern für Sibel gegoogelt habe:

„Askim seni seviyorum deliler gibi", rief ich in meiner besten türkischen Aussprache. Meine türkischen Freunde schmiss es vor Lachen auf den Boden.

„Ich kann kein türkisch!", sagte der Rothaarige.

„Josch hat nur gesagt, dass er dich liebt", sagte Baba.

„He?" Ich guckte zu Sibel. Sie schickte mir ein Lächeln, wie Post aus dem Paradies. Aha! Das war ein Spruch für dich, Baby!

Wir stellten unsere Fahrräder unter einen großen Baum und zogen uns um. Sibel ging neben mir in die Hocke und flüsterte mir ins Ohr: „Ab jetzt kannst du mich wieder Bebisch nennen."

Boah! Volltreffer! Manchmal bin ich krass gut, wenn ich spontan bin. Zur Sicherheit guckte ich mich aber schnell um. Was, wenn ihr Baba sie hörte, dass wir wieder auf privat waren? Dann war ich meinen Schniedel los. Bebisch konnte es wurscht sein. Sicher legte sie keinen großen Wert auf meinen Schniedel, oder?

Die deutsche Gegenmannschaft startete voll durch. Klar konnten wir dagegenhalten, nur Baba machte heute auf Ronaldo und spielte solo. Noch egoistischer als Danis bei unserem ersten Spiel an der Putzbrunner, nur fußballtechnisch viel schlechter. Danis und seine türkischen Cousins zeigten nach der Erfahrung mit Lena plötzlich Teamgeist und flankten und passten. Baba nicht. Immer wenn er den Ball bekam, beugte er den Kopf, starrte auf seine Füße und versuchte, durch die Mitte bis zum gegnerischen Tor zu dribbeln. Leider ohne Erfolg.

„Baba will uns zeigen, dass er besser als Ribéry ist!", sagte Danis zu mir. Er stand mit mir hinten in der Abwehr. Nur dank unserer Abwehrkette hatten wir noch kein Tor bekommen.

Ich warf einen Blick rüber zu den Mädchen: Selma, Medina und Sarafia schauten Bebisch zu, die ein Stück weiter auf der Wiese mit einem Diabolo tanzte. Das Diabolo malte um sie Kreise, Ellipsen und Pirouetten. Ein kleiner verrückter Planet, der um seine Sonne die schönsten Bahnen schlug. Hin und wieder schmiss Bebisch das Diabolo hoch, aber auch im Himmel wollte es nicht ohne sie weiterleben, und kam immer wieder zurück. Und Bebisch warf es noch mal: hoch, höher und noch höher. Genau wie damals. In Bewegung! Habe ich mich geändert?

„Wo glotzt du hin, Lan?", rief Danis, als meine Landsleute, die Deutschen, mich als Abwehrkettenglied sprengten und auf meiner Seite ein Tor schossen. Ich wollte keine türkische Nationalfußballtragödie verursachen und schickte meine Blicke wieder aufs Feld.

Jetzt waren wir alle voll konzentriert aufs Spiel – bis auf Baba. Der konzentrierte sich weiter nur auf seine Füße und dandelte mit dem Ball und dribbelte wie Ronaldo auf Ecstasy. Alles schaute am Anfang super aus, und alles lief schief. In sinnlosen Zweikämpfen verlor Baba jeden Ball. Augen zum Boden, Ohren zu und durch. In einer Viertelstunde führten die Deutschen 4:0. Zum Heulen war's!

„Baba, wechseln!", rief plötzlich Bebisch.

„Warte!", rief Baba zurück. „Ich kann noch!"

„Sofort!", rief Bebisch. „Selma will auch mal spielen!" Uns war alles egal. Hauptsache Baba hockte auf der Ersatzbank. Selma kam in die Abwehr, ich rückte nach vorne. Ab da lief alles wie geschmiert. In einer weiteren Viertelstunde stand es 5:5.

So hätte an diesem Tag die Türkei gegen alle Gepflogenheiten Deutschland schlagen und ich der türkische Torschützenkönig werden können. Wenn der deutsche Parkwart nicht dazwischengekommen wäre. Kam im Auto und in voller Rüstung mitten in den Park gefahren. Auf dem Fußweg ließ er sein Auto stehen und stapfte breitbeinig und breitbäuchig auf uns zu: „Aufhören! Aufhören!"

Danis stoppte den Ball. „Was is'n los?"

„Schaut, wie ihr das Gras zertrampelt habt, das schöne Gras!" Der Parkwart kniete auf allen Vieren und versuchte die Grashalme zu richten. „Das geht so nicht! Das Gras ist ja völlig kaputt!"

Baba rückte an. „Ich kann dir meinen Kamm leihen!"

„Kamm?"

„Na, damit du das Gras kämmen kannst. Wie Haar!"

Der Parkwart erhob sich wieder. „Wenn ich euch hier noch mal erwische ..."

„Was?", sagte Koray. „Wir dürfen nicht weiterspielen?"

„Nein!"

Koray ging's nicht in den Kopf: „Ich habe gedacht, Deutschland ist eine Fußballnation, Mann! Bayern München! Kennen Sie überhaupt Bayern München?", fragte er den Parkwart.

„Selbstverständlich kenne ich Bayern München."

„Wir werden uns bei Ulli Hoeneß beschweren!"

„Nix da! Das hier ist kein Fußballplatz, das sind Freizeit- und Spielwiesen."

„Na, eben, wir spielen doch Fußball – Freizeit, Mann!"

Koray schüttelte die ganze Zeit verblüfft den Kopf: „Das ist ein Freundschaftsspiel Deutschland gegen die Türkei, Mann. Sogar Jogi Löw weiß davon!"

„Schluss damit!", rief der Parkwächter, schon ziemlich aufgebracht. Die Mädchen kamen zu uns. „Wir müssen jetzt eh nach Hause radeln!", rief Bebisch.

„Na gut!" Wir klatschten die anderen Jungs ab. „Gut gespielt!"

„Schönes Spiel!", sagte Koray. „Deutschland gegen die Türkei! Nächstes Mal ..."

„Wir sind gar keine richtigen Deutschen", sagte der Rothaarige. „Wir sind eigentlich Polen."

„Und bei uns gibt's mehr Deutsche als Türken", sagte Baba. „Bis auf Koray sind wir alle in Deutschland geboren."

Der Rothaarige lachte. „Dann haben wir Polen gegen Deutschland unentschieden gespielt. Super! Macht's gut!"

Ich hatte schnell meine Stollenschuhe ausgezogen und war in meine Chucks geschlüpft. Um mit Bebisch reden zu können. Die anderen Jungs protzten vor den Mädels mit ihren Fußballtaten, am meisten Baba, und zogen sich gemütlich um. „Du hast mich ganz schön ausgetrickst", sagte ich zu Bebisch.

„Ich? Wieso?"

„Dein Baba ist in Deutschland geboren. Wie konnte er dann als junger Kerl in der Türkei Leuten die Ohren abschneiden und sie in einem Sack sammeln?"

„Ich wollte nicht, dass du leichtsinnig wirst", sagte Bebisch. „Baba ist zwar in Deutschland geboren, aber in seiner Seele ein stolzer Türke geblieben."

„Ich will dein Held sein", sagte ich. Mann! Wo kamen nur diese Sprüche her? Aus der Vergangenheit?

☪

„Keine Angst!", sagte ich zu Bebisch und stellte mich vor sie, als uns Haryk, der Nachbarshund, am Kirschbaum der Nachbarn erwischte. Bebisch schluchzte hinter mir. „Der frisst uns!", rief sie. Ich ging zu Haryk und klatschte ihm auf den Hintern. Der Hund knurrte und zog sich wieder zurück. Zum Glück wusste Bebisch nicht, dass Haryk und ich dicke Freunde waren. Ich hatte ihn jahrelang mit Tante Johannas Schinken bestochen. Um an das Nachbarobst zu kommen ... Jetzt konnte sie mich bewundern. „Du bist so mutig!", sagte sie. „Du hast mir das Leben gerettet." Ich stieg in die Kirschbaumkrone und pflückte

für sie große rote Kirschohrringe. Plötzlich hockte sie aber in der Krone auf dem Ast neben mir. Wie ein Wiesel war sie hinaufgeklettert. Als ich ihr die Kirschohrringe um-hängte, küsste sie mich auf den Mund.

☪

Hey! Diese Erinnerung! Hatte Bebisch mich damals echt auf den Mund geküsst? Hatte ich schon mit zehn solchen wilden Sex gehabt? Krass! Jetzt lächelte sie mich so süß an, dass die Beatbox in meiner Brust ein Frühlingslied anschlug. Obwohl schon Sommer war.

„Fahren wir?", rief Danis.

„Bin gleich da", kreischte Schnauze. Er lief ins Ge-büsch, schnürte aber schon auf der Wiese die Gürtel-schnur an seinen schwarzen Fußballhosen auf. Die anderen Mädchen guckten Selma an, sie zuckte ent-schuldigend mit der Schulter. Schnauze hatte die Ma-nieren eines Metzgerhundes. Lena hätte jetzt eher gelacht. Die türkischen Mädchen sahen aber etwas irritiert aus. Samt Bebisch. Aha! Musste bei solchen Sachen aufpassen.

Aus dem Gebüsch tauchte Schnauze mit einem Holz-schwert auf. „Das hat jemand weggeschmissen!", rief er und wedelte damit in der Luft wie der wahre Cap-tain Jack Sparrow. Baba kriegte ganz große Augen dabei. Ich spürte nahezu seine Lust, sich das Schwert zu krallen. Huch! Baba mochte Schwerter. Doch sein Sohn war schneller. „Ihr Deutschen könnt doch mit Schwertern gar nicht umgehen", sagte Danis und krallte sich das Ding. „Schwerter sind was für Tür-ken." Schnauze guckte zu Selma.

„Du brauchst kein Schwert, Baby", sagte sie. Baba hob die Augenbrauen.

„Okay!", sagte Schnauze. „Ich gebe dir mein Schwert, aber wir tauschen die Fahrräder. Ich habe von meinem alten Sattel schon nen wunden Hintern."

Danis schob sein neues Fahrrad Schnauze zu und setzte sich mit dem Schwert in der Rechten auf Schnauzes Fahrrad. „Wozu hast du das Ding, Dani?", fragte ich. „Schmeiß es weg! Sonst verletzt du dich noch damit."

„Keine Angst, Mann! Mein Urururopa hat mit seinem Schwert fast Wien erobert!"

„Fast", sagte Bebisch und fuhr los. Baba neben ihr. Schnauze, Selma und die anderen. Auch Danis trat in die Pedale und stürmte nach vorne, mit dem Schwert weiter in der Luft wedelnd. Noch zehn Minuten später blödelte er damit rum. Bis er sein Schwert aus Versehen zwischen die Speichen seines Vorderrads stieß. WUMM! Das Rad blieb stehen und der wildgewordene Sattel katapultierte Danis hoch über die Büsche am Wegrand.

„Halt!", brüllte ich. Die anderen hielten an. Krass! Was für ein Flug! Wir befreiten Danis aus dem Busch, in dem er gelandet war. Bebisch hüpfte um ihn herum wie ein verängstigtes Huhn. Hmm ... ständig neckte sie ihn, aber plötzlich ...

„Nix passiert", brummte Danis. „Nur voll brutal geflogen! Scheiße! Schnauze! Dein Radl ist hin!" In Schnauzes Vorderrad war eine saubere „8" reingeschrieben, wie aus einer Rechenfibel.

„Kein Problem", sagte Schnauze. „Wollte mir sowieso ein neues kaufen. Kannst du überhaupt weiterfahren?"

„Das schon", sagte Danis. „Kann dir aber doch nicht mein Fahrrad wegnehmen, wo ich deins zu Schrott gefahren habe."

„Nimm dein Fahrrad ruhig zurück", sagte Schnauze. „Mit meinem wunden Arsch kann ich sowieso nicht mehr auf dem Sattel sitzen. Ich schiebe das Fahrrad zum Sperrmüll."

„Heute ist Sonntag!"

„Ich lasse das vorm Tor! Heim komme ich mit der U-Bahn."

„Danke, Mann!", sagte Danis.

„Ich bleibe bei Schnauze", sagte Selma. Baba hob zum zweiten Mal die Augenbrauen. Bei Baba wusste ich aber irgendwie, dass er bei Selmas Eltern nicht petzen würde. Jemandem wie mir den Schniedel abschneiden, das schon. Petzen aber? Nö! Wir fuhren weiter. Krass! Das Leben war ein Zirkus, nur wusste ich nicht, wer bessere Showeinlagen brachte: Mein Vater? Ich? Baba? Schnauze? Oder Danis? Waren alle Männer so?

☪

Nach dem Fahrrad-Abenteuer mit Fußball und Schwert spießte unsere Wohnung am Abend langweilig vor sich hin: Keine Löcher im Boden, kein Brand im Sicherungskasten, keine kaputten Spiegel. Dok reichte mir in der Küche ein in Geschenkpapier verpacktes

Päckchen. „Zum Geburtstag“, sagte er. Anne hob die Augenbrauen.

„Den hatte ich im April“, sagte ich.

Dok kratzte sich am Kopf. „Du hast damals nur ein Buch gekriegt. Jetzt gibt's ein ordentliches Geburtstagsgeschenk.“

„Heute ist doch Sonntag“, sagte ich. „Wann hast du das gekauft?“

„Ist schon gestern mit der Post gekommen.“

„Du solltest nicht unnötig Geld ausgeben“, sagte Anne.

„Das ist von uns beiden“, sagte Dok.

Anne wunderte sich. „Von mir auch?“

„Klar!“

Ich wog das Päckchen in der Hand. Hmm ... Schwer, wohl keine Socken. Ein Buch? Ich packte es aus. „Papa! Das ist ein iPhone! Das ist jetzt echt kein guter Scherz. Das Ding kostet 700 Euro.“ Anne wurde ohnmächtig, aber eine kleine Wasserspritze brachte sie wieder hoch.

„Du hast 700 Euro für ein Handy ausgegeben?“, fragte sie Dok.

„Nö! Ich hab meinen Handy-Vertrag verlängert und das dazu bekommen.“

Ich reichte ihm das Ding zurück. Würde wohl doch nicht vor meinen neuen Freunden angeben können. „Dann ist es deins!“, sagte ich. „Nicht meins! Sondern deins! Und ich darf jeden Sonntag damit ein bissl spielen, oder was?“

Mann! Mir kamen fast die Tränen wegen des blöden Witzes von Dok. So was konnte er sich echt sparen. Ich hatte mich irre gefreut.

Dok guckte mir in die Augen. „Warum sagst du das, Jonas? Du kennst mich doch! Ich würde dich auf diese Art nie aufziehen. Bin doch kein Arschloch!"

„Ist das echt für mich?"

„Ja! Ich würde es sowieso bald kaputt reparieren. Ich behalte mein Altes. Und du hast deine Freude dran!"

„Papa!" Ich warf mich ihm um den Hals und dann Mama. Hey! Wer hatte schon solch super Alte wie ich? Na ja, Bebischs Baba war auch krass lustig, aber so krass wie Dok sicher nicht.

Ich musste aus meiner alten SIM-Karte ihr Inneres ausbrechen, die große SIM passte nicht hinein. Dann lief aber alles wie geschmiert. Bis in die Nacht spielte ich mit meinem neuen iPhone und träumte von großen Taten. Klar erzählte ich dem iPhone, dass Sibel ab jetzt wieder Bebisch hieß.

Eis und Döner

Am Montag galt mein, „guten Morgen", meinem neuen iPhone. Fleißig tippte ich alle Namen meiner Freunde ein. „Bebisch" tauchte auf dem iPhone-Display als allererster Anrufer auf. „Zeigst du mir heute Neuperlach, Josch?", fragte sie.

„Gern! Sicher kennst du dich bei uns aber viel besser aus als ich. Wir sind hier erst vor einer Woche hingezogen."

„Ich hoffe, du zeigst mir etwas, was ich noch nie gesehen habe", sagte sie und legte auf. Hey, was zeige ich dir, Baby? Mein neues iPhone? He, he ... das wird dir die Pupillen breit machen ... Quatsch! Klar musste ich ihr was Romantischeres zeigen als mein High-Tech-Gerät. Ich spielte mit dem iPhone und drückte dabei etwas länger die Home-Taste: Sprachsteuerung: *„Face-Time, ruf, spiel Titel von, wähl..."*: „Bebisch Baby!", sagte ich voller Übermut, und eine Frau sagte im iPhone: „Anrufen: Bebisch." Was jetzt?

Plötzlich kam aus dem Sprecher noch mal Bebischs Stimme. „Was gibt's, Josch?"

„Eeeh ... das ... ich hab nur ... die ... die Frau aus dem iPhone hat dich angerufen. Ein Versehen!"

„Ach so", sagte sie. „Hast du auch ein iPhone? Das war die Sprachsteuerung. Du hast wohl meinen Namen laut gesagt, und dann hat mich das iPhone selbst angerufen, oder?"

„Äääh ...‟

„Ich mag's, wenn du meinen Namen laut sagst", sagte Bebisch und legte auf. Ich Volltrottel, ich Idiot!

☪

Die Tour zu unserem verzauberten Schloss sollte im *Gelato Italiano* am Pfanzeltplatz anfangen: sahnig, cremig, fruchtig und schokoladig. Klar fiel mir gleich dazu die passende Erinnerung ein.

☪

„Ich möchte bis in den Himmel springen können", sagte Bebisch. „Wir müssen in Bewegung bleiben." Ich baute für sie im Garten meiner Tante einen Platz zum Stabhochsprung. Zwei alte Matratzen aus Tantes Gartenhaus legte ich zum Hinfallen hin. Abstoßen wollten wir uns an einem Nussbaumstock, den mir mein Opa aus dem Wald geholt und zugeschnitten hatte. Einen halben Tag hatte ich trainiert. Ich wollte Bebisch zeigen, wie hoch ich springen konnte. Musste sie endlich sportlich schlagen, damit sie mich zu schätzen lernte. Als sie zu meiner Tante kam, startete ich den ersten Versuch. Ich nahm Anlauf, wow –

138

ich sprintete wie ein Tier, den Nussbaumstab hochgereckt, ich senkte ihn zum Boden, ich stach ihn ein: Und BUMM! Der Stab war wohl durch mein Training arg überlastet. Er zerbrach, als ich schon wie ein Vogel flog, die Messlatte aber noch etwa einen Meter vor mir hatte. „Jetzt hast du mir zum zweiten Mal das Leben gerettet", sagte Bebisch. „Wenn der Stock bei mir gebrochen wäre, hätte ich mich sicher schwer verletzt." Sie pustete sanfte Heilluft auf meine aufgeschürften Ellbogen.

„Ich habe auch am Po eine Schürfwunde", sagte ich. Sie lachte und stieß ihre Stirn gegen meine.

Dann sah sie mich lange an, als ob jetzt etwas zwischen uns passieren sollte, das unser Leben grundlegend ändern würde und sagte: „Wo hält deine Tante das Eis versteckt?"

☪

Passend zum bayerischen Himmel war Bebisch am Pfanzeltplatz in blauen Chucks, blauer Jeans und einem blauen kurzärmligen T-Shirt angeradelt gekommen. Bayerisches Himmelwunder! Zuerst hatte ich ja gedacht, als Geschenk würde ich Bebisch ein bissl an meinem iPhone zocken lassen, da sie wohl aber auch ein iPhone besaß, hatte ich mich zu der ersten echten Männertat meines Lebens durchgerungen und für sie eine schöne große rote Rose gekauft.

Die rote Rose war nicht geizig und malte auch Bebischs Wangen rot. „Josch", sagte sie. „Du hast mich wieder überrascht!" Mit dem Zeigefinger fuhr sie über einen der Dornen. „Was würdest du machen, wenn ich mich jetzt steche und in einen hundert Jahre langen Schlaf falle?"

„Hundert Jahre warten und dich dann wachküssen“, sagte ich. Huch! War ich aber krass gut drauf! Cool wie ’ne Eistorte! Hätte aber vielleicht doch nicht das kommende Eisunglück mit solchen Vergleichen herbeirufen sollen.

Bebisch klatschte mir auf den Hintern. „Dann versüße ich mir jetzt den langen Schlaf.“ Sie bestellte Amarena und Erdbeere, ich Caramel und Vanille.

Wir hockten auf dem niedrigen Geländer am Hachinger Bach, kühlten unsere Zungen am Eis und versuchten, in dem davonfließenden Wasser unsere wahren Wünsche zu finden. „Alles fließt“, sagt Dok. Aber das hat er, glaub ich, von einem griechischen Philosophen.

Bebisch stand auf und reichte mir ihr Eis: „Kannst du’s kurz halten?“ Sie zog sich die rechte Socke aus und steckte ihren großen Zeh ins Wasser. Dabei bewarf sie die Gegend mit wonnigen Seufzern. Komisches Mädchen. Nur der große Zeh im Wasser reichte ihr zur Abkühlung. Ich würde sicher den ganzen Fuß hineinstecken. Wenn schon, denn schon.

Plötzlich rutschte ihr auf dem Ufer stehender Fuß aus, sie verlor das Gleichgewicht, reflexartig fuhr meine Rechte ihr nach, wollte sie festhalten, sie retten, auch wenn Bebisch zu weit weg von mir stand, und haute ihr dabei ihre zwei Eiskugeln um die Ohren.

Zum Glück merkte sie die an ihrem Kopf vorbei zischenden Eiskugeln gar nicht, sie raste dem Wasser entgegen, schaffte es aber irgendwie, sich im Rutschen zu drehen – krass zirkusreif! Durch die Drehung bekam sie zusätzlich Schwung, nutzte diesen aus, stieß sich mit dem schlitternden Fuß ab und legte einen filmreifen Sprung über den Bach ans andere Ufer hin. Huch! Was sollte ich diesem Mädchen heute noch zeigen, verdammt? Was sie noch nie gesehen hatte? Die kannte doch alles!

Hmm ... vielleicht konnte sie ja ihre zwei Eiskugeln aufheben, die jetzt neben ihrem Fuß lagen. Doch sie sah nicht zum Boden. Sekunden später hüpfte sie mit Anlauf zu mir zurück. Ich starrte sie weiter mit offenem Mund an. „Was war denn das?", fragte ich. „Bist du ein Stuntmann, oder was?"

„Nö!", sagte sie. „Ich mach Kung Fu. Habe ich dir noch nicht gesagt, dass du in Bewegung bleiben musst? Wo ist mein Eis?"

Mist! Ich hielt ihr die leere Waffel entgegen. Verdutzt schaute sie aus. Ja, so verwirrt wie sie war, steckte sie fast ihre ganze Nase in die Waffel. „Was? Du hast mein Eis gegessen? Und das gerade, als ich in Gefahr war? Mann! Das ist viel fieser, als einem bei Meggi die Pommes zu klauen. Oder den Fisch einer armen alten Frau!"

„Nein!" Ich wollte auf das andere Ufer zeigen, wo die zwei Kugeln gelandet waren, wies schon mit der leeren Waffel dahin, und der nächste Schock! Wenn ich irgendwann diese Geschichte erzählen wollte, würde sie mir wohl keiner glauben, aber so war sie, ich schwöre:

Auf dem anderen Ufer machte sich gerade unser zuckersüchtiger Hund Napoleon über die Reste des Eises her. Napoleon wollte ich Bebisch aber auf keinen Fall zeigen, und so zog ich die Hand schnell zurück. Mist! Napoleon! Dann musste Dok ganz in der Nähe sein.

„Hallo!", kam es von der Kreuzung am Pfanzeltplatz. Von seinem Tandem winkte Dok mir zu. Dok? Jesses! Gleich kreischte Dok zum Glück aber: „Napoleon, du blöder Hund! Du darfst nie von einem fahrenden Radl runterspringen! Komm her!"

Napoleon hatte die zwei Kugeln bereits verschlungen, mich vom anderen Ufer freundlich angekläfft und jagte zu Dok zurück. Er hüpfte auf die Bank, an der Dok mit dem Tandem stand, und noch mal HOPP – graziös landete Napoleon in seinem Körbchen auf dem zweiten Fahrradsitz. Dok winkte mir noch mal zu, ich winkte zaghaft zurück, sie fuhren davon. Erst jetzt merkte ich, dass Bebisch sich vor Lachen schüttelte: „Der ist komisch! Der ist so komisch! Du kennst ihn?"

„Was meinst du? ... Äääh... nur vom Sehen. Vom PEP." Hey! Wenn sie irgendwann erfuhr, dass Dok mein Vater war ...

„Wegen dieser Szene sei dir der Eisraub verziehen", sagte Bebisch. „Jetzt aber hopp, hopp! Neues Eis holen. Eine Kugel reicht."

Mit Panik im Kopf marschierte ich zur Eisdiele. Ein Tag voller Gefahren wartete auf uns: Mein Vater war auch in Neuperlach unterwegs. So wie wir. Ich war mir sicher, dass wir bei unserem Ausflug noch mal auf ihn stoßen würden. Und dann: Weltuntergang!

☾★

Wir radelten zum Friedhof in Perlach. Warum auch nicht? Ins Kino oder zum Meggi konnte jeder Depp ein Mädchen ausführen. Ein Friedhof war aber voll originell, oder? Vielleicht kannte sie den Friedhof ja nicht? Sie war schließlich noch jung. „Kenne ich", sagte Bebisch. „Ist sowieso nichts für mich. Um sich hier zum Schlafen legen zu können, muss man mindestens zwanzig Jahre in Perlach wohnen. Schau! Dort auf dem Schild steht's. Und ich bin erst sechzehn."

„So meinte ich das nicht", sagte ich. „Ich habe gedacht, dass du auch Stille magst. Manchmal."

„Doch", sagte sie. „Stille mag ich auch."

„Bist du Muslimin?"

„Ich glaube an den Gott der schönen Dinge", sagte Bebisch. „Aber in Deutschland liegen nicht viele Türken. Die meisten Deutschtürken wollen in der Türkei begraben werden."

„Gibt's in Deutschland keine muslimischen Friedhöfe?"

„Gibt's auch. Aber weißt du ... ich ... ich fühle mich wahrscheinlich nicht viel anders als du, Josch. Auch wenn meine Oma und mein Opa in einem muslimischen Land geboren wurden. Eine türkische Freundin hat sich mal am Fuß verbrannt. Die deutschen Ärzte haben ihr ein Stück Haut von ihrem Schenkel genommen und pflanzten die Haut an ihrem Fuß ein. Aber von dem entnommenen Hautstück blieb ihr am Schenkel eine Narbe. Ihre Mutter hat den Arzt gefragt, warum man bei ihrer Tochter das Hautstück nicht von ihrer Hüfte genommen habe, wo's keiner sieht, jetzt könnte ihre Tochter deswegen keinen kurzen Rock mehr tragen. ‚Das Mädchen ist doch Muslimin', sagte der Arzt, ‚Musliminnen tragen sowieso keine kurzen Röcke!' Die Leute mögen Schubladen."

„Viele türkische Frauen hier laufen aber in Kopftüchern rum", sagte ich. „Manche schämen sich, ihre Nase zu zeigen."

„In Niederbayern gibt's Dörfer, wo alle Leute auch nur das machen, was ihnen der Pfarrer sagt", sagte sie. „Viele Türken sind nach Deutschland wegen der Arbeit gekommen – aus der tiefsten Provinz, vom Land, wo alte Sitten herrschen. Meistens gehen die Ärmsten weg. Istanbul dagegen ist eine moderne Weltmetropole. Ich bin in München geboren, Josch. Und Baba auch. Unsere Familie lebt im Westen länger als alle Ostdeutschen."

„Ich weiß", sagte ich.

„Erinnerst du dich noch an meinen Glücksbringer?", fragte sie.

„Deinen Glücksbringer?"

„Meinen Skarabäus!"

„Den Anhänger, den du mit zehn um den Hals getragen hast?"

„Ja! Mein Glücksbringer ist kurz vor dir verschwunden. Zuerst ging der Skarabäus weg, dann du."

☾⋆

Manchmal kam Bebisch ohne ihre Mama zu meiner Tante. „Das ist schön", sagte ich und zeigte auf ihr Lederhalsband. Von der Lederschnur hing ein kleiner Steinkäfer.

„Das ist ein uralter Skarabäus", sagte Bebisch. „Mein Onkel hat ihn auf seinem Feld in Anatolien ausgegraben, als er dort einen Schuppen bauen wollte. Der bringt Glück!"

„Ich kaufe mir einen Skarabäus als Ohrring", sagte ich.
„Du hast doch gar kein Loch im Ohr."
„Ich mach mir gleich eins", sagte ich, lief ins Haus und holte aus dem Werkzeugkasten im Keller eine Lochzange. Vor Bebisch tat ich so, als ob ich mir damit ein Ohrloch stechen wollte, sie riss mir aber die Zange aus der Hand und warf sie in die Mülltonne. Als sie weg war, holte ich die Zange heraus, durchstach die Ohren von meinem Plüschhasen und verpasste ihm zwei alte Ohrringe von meiner Tante.

☾

Der Friedhof deprimierte uns. Nichts wie weg hier. Leben gab's im Ostpark: Auf den Wiesenwellen surften Mädchen in ihren kurzen Röcken. Ich lud Bebisch auf eine Apfelschorle im Michaeligarten ein.

Wir hockten direkt am See. Die Sonne lachte sich einen ab, wie sich hier die Leute an Spareribs und Bier labten. Ein gefundenes Brezenstück bröselten wir einem Paar großer Schwäne hin. Keine Fische im Wasser für die hungrigen Vögel. Der See war künstlich angelegt worden. Hier gab's nur Steckerlfisch.

„Schwäne sind große Gänse, nur schöner", sagte Bebisch. „Ein Schwanenpaar bleibt für immer zusammen. Ein Schwan vergisst seine Freundin nie."

„Du wirst mir nie verzeihen", sagte ich.

„Ich habe dir schon verziehen", sagte sie und küsste mich auf den Mund. Kurz, sanft, leicht. Mit Disziplin! Wie damals mit zehn. Ein kurzer Blick ins Paradies. „Trotzdem stehen dir noch ein paar Prüfungen bevor", sagte sie. „Und nicht vergessen! Heute musst du mir

etwas zeigen, was ich noch nie gesehen habe. Friedhöfe kenne ich schon. Und Schwäne auch. Woher wuss-
test du aber, dass Schwäne meine Lieblingsvögel
sind?"

„Na ja", sagte ich. „Die Schwäne haben halt lange
Hälse und du hast lange Beine."

Oj! Hab ich dich zum Lachen gebracht? Bebisch? „Du
bist echt bescheuert!", sagte sie und schubste mich.
Auch das war ganz hübsch. Sollte viel mehr blöde
Witze reißen. Nur wo wuchsen sie, verdammt?

Der beste Witz lief uns selbstverständlich gleich in
die Arme. Besser gesagt fast unter die Räder: Lena und
Danis spazierten durch den Ostpark. Hand in Hand.
Danis war so cool, dass er Lenas Hand auch nicht los-
ließ, als er uns erblickte. Die Sprache verschlagen hat
ihm die Begegnung trotzdem. Lena dagegen zwitscher-
te wie ein Morgenvogel: „Ey, Dani, das ist ja Jonas ..."
Also musste Danis auch was sagen: „Das ist meine
Schwester Sibel!"

„Freut mich! Ich bin Lena." Backe-Backe.

„Pass auf meine Schwester auf!", rief Danis zum Ab-
schied.

„Mach ich", sagte ich. „Und du pass auf meine Schul-
freundin auf!"

„Ich kann auf mich selber aufpassen", sagte Lena.

Hey! Macho Danis? Irgendwie tat er mir leid. Was
die Zukunft anging, meine ich. Vielleicht tat ich ihm
aber auch leid. „Jetzt gefällst du mir schon besser, als
mit deinen Vorurteilen", sagte Bebisch.

„Mit meinen Vorurteilen?"

„Na ja, du hast dir etwas über die Türken zusammengereimt. Aber langsam merkst du, dass ich ein ganz normaler Mensch bin – genau wie du.“

„Du bist nicht normal!“, sagte ich. „Du bist einzigartig!“ Womit ich sie wieder krass zum Lachen brachte.

☪

Die bunten Dächer der Siemensgebäude bückten sich vor der Wucht der dahinter stehenden Alpengipfel. Fönsicht! Die Berge wie auf deine Hand hingezaubert. Heute konntest du sogar den Bergen auf ihre Glatzen spucken. („Auf Glatzen spucken“ kommt noch – echt!)

Als ich klein war, wollte ich bei Siemens arbeiten. Und immer die neuesten Handys zu Hause haben. In jeder Schublade ein Handy und ständig alle Freunde anrufen – gleichzeitig. Hmm ... seit ich Bebisch getroffen hatte, hab ich an meine alten Freunde in Oberhaching nicht mal gedacht.

Hinter Siemens liegt der neue Skatepark. Ich führte Bebisch dahin. Es waren nur wenige Leute da. Trotz Sonnen- und Sport-Wetters. „Hier war ich noch nie“, sagte Bebisch.

„Der Park ist ganz neu. Bin hier letzte Woche vorbeigeradelt.“

Wir hockten uns auf eine Bank neben der Skaterbahn. Bebisch guckte zu dem benachbarten Fußballkunstrasen. Ich folgte ihrem Blick. Auf der Wiese hinter dem Fußballplatz hüpfte Napoleon um Dok herum. War ja klar gewesen, dass wir Dok heute noch mal in die Arme laufen würden. Das war kein Zufall! Das war vorbestimmt! Dok holte sein Handy aus der Tasche und hielt es ans Ohr. KLINGELING! Hä? Ich zückte mein iPhone. „Dok?"

„Der Zufall ist eine durchtriebene Sau", sagte Dok. Scheiße! Konnte er meine Gedanken lesen. Wusste er, dass wir ihm grade zuguckten?

„Wollte eigentlich deine Mutter anrufen", sagte Dok. „Und statt deiner Mutter rufe ich zufällig dich an. Obwohl ich im Handy bestimmt hundert Nummern gespeichert habe. Lustig, was?"

„Sehr lustig."

„Bis dann, Jonas. Bin grade am Skatepark."

„Ich weiß", sagte ich.

„Woher weißt du das denn?"

„Äääh ... ich kenne dich ja ganz gut."

Mein Vater legte auf, und ich sah ihm hinter Bebischs Rücken zu, wie er mit Mama telefonierte. Das waren mir irgendwie zu viele Zufälle. Ich stand auf. „Mir gefällt's hier doch nicht so gut."

„Ich möchte aber gerne noch etwas sitzen bleiben", sagte Bebisch. Scheißeee! Ach, egal! Wenn Dok nicht direkt auf uns zu kam, würde er mich auch nicht entdecken. Er sah nicht mehr so gut. Zur Sicherheit versteckte ich mich aber hinter Bebisch. Damit Napoleon mich nicht erblickte. Zum Glück witterte seine Schnauze nur Süßes. Wenn ich aus Zucker wäre, wäre Napoleon schon längst da.

Dok schmiss kleine Äste über den Rasen, aber Napoleon holte sie nicht. Unser Schoßhund hüpfte nur zu Doks Hand hoch. Nachdem Dok das Holz geworfen hatte, hockte Napoleon sich auf die Hinterpfoten und wartete. Statt wie ein richtiger Hund zu apportieren.

Bis zu uns konnte man Doks Schimpftirade hören: „Napoleon! Du Rindvieh, du! Hol das Ding! Du bist ein böser Jagdhund!" Mann! Wenn Dok mich hier erwischte, dann war alles aus. Dann wusste Bebisch, in welche Familie sie mal einheiraten sollte.

„Das ist doch wieder der verrückte Nachtwächter vom PEP", sagte Bebisch und zeigte zum Asphaltweg. „Dort liegt auch sein Tandem, das er mit seinem Hund fährt." Sie begann zu kichern.

Klar konnte ich nicht lachen: „Komm! Wir radeln in den Truderinger Wald. Am Kieswerk ist es ganz schön." Boah! Nichts wie weg hier! Bevor ein Unglück passierte.

Bebisch zog mich wieder auf die Bank. „Nö! Ich will hierbleiben. Der Typ ist voll lustig. Eigentlich müsste ich ihn mit meinem Baba bekannt machen."

„Das kannst du locker haben", dachte ich mir grimmig, setzte mich aber wieder hin.

Dok ging in die Knie und bettelte bei Napoleon, doch endlich einen Ast zu apportieren. Plötzlich erreichte uns das Wort Kuchen. Bebisch lachte: „Hat der Typ dem Hund echt einen Kuchen versprochen? Hi, hi, hi ... Einem Hund einen Kuchen?" Auch Göttinnen haben manchmal keine Ahnung.

Fuck! Was, wenn Napoleon mich hier doch entdeckte ... Zum Glück kam gleich die Rettung – unglaublich, aber wahr: Ein Kuchen! Eine ziemlich aufgedonnerte Dame im roten Kleid, mit Goldketten um den Hals und um die Handgelenke und mit einer Cheopspyramide-Frisur trug ihn vor sich hin in einer Pappschachtel – gerade ging sie an Doks Tandem vorbei – wahrscheinlich zu einem Geburtstag. Napoleon jaulte vor

Freude auf und galoppierte auf sie zu. „Napoleon! Fuß!", brüllte Dok.

„Napoleon? Fuß?" Doks Ruf schmiss Bebisch fast von der Bank runter. Sie kreischte vor Lachen. „Der kleine Racker heißt echt Napoleon?" Zum Glück hatte Dok jetzt andere Sorgen, als Bebischs Lachanfall. Napoleon war beim Kuchen angelangt und hüpfte zu ihm hoch. Die aufgedonnerte Dame drehte Pirouetten um die eigene Achse und rief: „Was willste, Schnuffel?"

„Schnuffel?", rief Bebisch. „Das ist ja besser als Kino!"

„Den Kuchen will er!", rief Dok, während er zu der Dame rannte. Schon war er bei ihr, schon versuchte er, Napoleon zu schnappen, bevor das große Unglück passierte, bevor die Dame bei ihren Pirouetten auf den hochhackigen Schuhen ausrutschte und sich in ihre Torte hockte. Doch Napoleon ließ sich nicht schnappen, wenn's um Kuchen ging. Immer wenn Dok ihn erreichte, hüpfte er hinter die Dame, und versuchte, sich den Kuchen von der anderen Seite zu holen. Dok hinter ihm her, umkreisten sie die Dame wie zwei Boxer den Ring. „Kommen Sie auf den Rasen!", rief Dok.

„Waas?", rief die Dame.

„Auf den Rasen! Ich bin ein super Torwart!"

Der Dame blieb nichts anderes übrig, als auf ihren hochhackigen Schuhen in kleinen Schritten auf die Wiese zu laufen. Oha! Jetzt hatte Dok freie Sicht auf den haarigen, herumhüpfenden Ball. Er schmiss eine Parade wie Manuel Neuer und hielt den quiekenden Napoleon endlich in den Armen.

„Kicken Sie ihn nicht weg!", rief die Dame. „Der ist so süß!"

„Ich kicke doch Napoleon nicht weg!", rief Dok.

„Napoleon?", rief die Dame. „Der Schnuffel heißt Napoleon?" Sie wollte Napoleon in Doks Händen tätscheln, doch die Kuchennähe verlieh Napoleon überhündliche Kräfte. Wie eine Kanonenkugel schoss er Dok aus den Armen und landete direkt auf der Pappschachtel mit dem Kuchen. Vor Schock hockte sich die Dame auf den Hintern. Napoleon steckte schon mittendrin in der Schokosahne und futterte, bis ihm die Ohren schlackerten.

„Ich kaufe Ihnen einen neuen Kuchen", rief Dok.

„Müssen Sie nicht", sagte die Dame. „Mit Gras am Hintern kann ich nicht zur Party gehen. Wollte sowieso nicht hin. Der Hund ist ein Omen! Ich sage die Party ab."

„Komm!", sagte ich zu Bebisch. „Ich bin wahnsinnig hungrig." Ich stand auf und ging auf die andere Seite zu unseren Fahrrädern.

Zum Glück kam sie nach. „Ich lade dich auf einen Döner ein", sagte sie.

„Ich lade dich ein!"

„Nö!", sagte sie. „Ich muss zahlen. Du hast mich schon auf Eis und Schorle eingeladen. Ich muss dann langsam heimfahren. Will heute noch mit Diabolo üben.

„Bei wem hast du das Diabolo gelernt?"

„Bei YouTube."

„Krass!"

„Ich muss ständig in Bewegung bleiben", sagte sie.

„Ich weiß", sagte ich. „Ich auch."

☪

„Hallo Sibel!"

„Ach, mein kleiner Cousin Emre!" Echt! Kein Schmarrn! Von der anderen Seite kam in seinem Gangsta-Gang der kleine Emre angewatschelt. Heute die volle Bebisch-Kopie: Schwarzer Adidas-Jogging-Anzug mit den drei weißen Streifen. Sogar Adidas-Schuhe trug er. Nur die fette silbrige Metallkette um seinen Hals und die Ketten um beide Handgelenke waren nicht so Bebischs Style. Alles frisch aus dem Laden. Vom Kragen der Adidas-Jacke hing ihm hinten sogar noch ein Preisschild runter. Bebisch machte ihm das Etikett ab.

„Emre ist auch ein Cousin von dir?", fragte ich sie.

„Logisch", sagte sie.

„Unglaublich!", sagte ich. „Gibt's hier irgendwelche Türken, die nicht deine Cousinen oder Cousins sind?"

„Der Dönerverkäufer!"

„Gott sei Dank!", sagte ich.

„Der ist mein Onkel!"

„Voll krass!"

„Stimmt nicht!", sagte Emre.

Bebisch lachte: „Ich hab nur Spaß gemacht, Emre. Bist du fleißig in der Schule?"

„Ja, Sibel, ich lerne die ganze Zeit. Will gute Noten haben." Unglaublich wie der kleine Gangsta bei Bebisch den braven Jungen rauskehrte.

„Und was soll dieser Ramsch um deinen Hals und um die Handgelenke?"

„Ich tu's runter", brummte der Gangsta und stopfte sich die Ketten in die Hosentasche. „Macht's gut!"

„Warte, Emre! Ich kaufe dir auch einen Döner."

„Danke!"

Bebisch stellte sich in die kleine Schlange vor der Dönerbude. Emre und ich hockten uns auf das Holzgeländer hinter dem Häuschen. Emres Füße baumelten hoch über dem Boden. Ich verstand die Welt nicht mehr. „Mann", sagte ich. „Wieso disst du mich immer und bei Sibel bist du voll auf dem Schmusekurs?"

„Wer möchte sich schon mit Sibel anlegen?", sagte Emre. Nach reichlicher Überlegung fügte er, „Wichser", hinzu.

„Alles klar!"

☪

Am Abend hockten wir am Hachinger Bach und guckten der Sonne zu, wie sie sich davonschleichen wollte. „Ich muss jetzt heim", sagte Bebisch. „Das war sehr schön!"

„Ich hab dir aber nichts gezeigt, was du noch nie gesehen hast."

„Doch!", sagte sie. „Den Typen mit dem Hund und der Torte hast du mir gezeigt. Mann! Hab ich gelacht! Noch mehr, als damals in der NORDSEE, als du der alten Frau den Fisch klauen wolltest."

„Wie der Vater so der Sohn", sagte ich. Selbstverständlich nur in meinem tiefsten Innern.

Bebisch küsste mich: Links und rechts. „Ich möchte dich heiraten!", sagte ich. Keine Ahnung, woher mein ganzer Mut kam. Hab mich selbst bewundert für den Spruch. Sie riss die Augen auf.

„So was hat mir noch nie jemand gesagt", sagte sie.

„Der erste ist immer der beste!", sagte ich.

Sie guckte mich ernst an. „Du musst warten“, sagte sie. „Mir hat's heute Spaß gemacht. Vielleicht … vielleicht schaffen wir's aber nie, wieder so weit zu kommen, wo wir schon mal waren.“

„Wann sehen wir uns?“

„Morgen kommen meine Mutter und die Oma aus der Türkei. Bis zum Wochenende geht's nicht. Kommst du am Samstag zu meiner Geburtstagsparty?“

„Du hast Geburtstag?“

„Erst am Mittwoch nächste Woche. Gefeiert wird aber schon am Samstag. Wir grillen an der Isar. Hinter der Thalkirchener Brücke.“

„Okay! Ich fahre mit dem Fahrrad hin.“

„Komm auf den Parkplatz vorm PEP. Baba und ich holen hier Selma und Schnauze ab. Du kannst mitfahren.“ Ich wurde wohl ein bissl blass. „Du musst vor Baba keine Angst haben. Baba denkt, dass du jetzt ein Freund von Danis bist. Danis hat dich ja auch zu uns eingeladen.“

„Und deine Oma?“

„Oma kommt sicher nicht mit. Sie meint, das Leben ist Arbeit und nicht Party. Du wirst sie ein anderes Mal kennenlernen.“ Sie guckte wieder mal so tief in meine Augen, dass es mir vorkam, als ob ihr Blick meine Wirbelsäule berührte. Aber vielleicht kribbelte auch nur mein Rückgrat vor Angst: Vor Bebischs Oma, die Männern Kehlen aufschlitzte, wenn sie ihre Familie bedrohten.

„Passen wir denn alle ins Auto?“

„Baba hat sieben Sitze in seinem Auto“, sagte sie. „Also am Samstag um 17 Uhr auf dem Parkplatz vorm

PEP." Bebisch hockte sich aufs Fahrrad und fuhr davon.

Ich radelte heim. Bei Facebook hatte Napoleon schon vierundsechzig Fans. Gut, oder?

☪

In der Nacht war ich *Prince of Persia*. Eine uralte Frau wirbelte zwei Säbel in der Hand und säbelte alles nieder, was an ihr vorbeikommen wollte. Sie sah mich, sie kam mit ihren Säbeln auf mich zu. Die Säbel glitzerten im Licht eines großen Deckenleuchters, ich starrte sie an, sie kamen immer näher und näher ... Ich kreischte, ich wachte auf, ich tastete mich ab – alles war noch dran. Kann das Leben krasser werden als ein Traum?

☪

Bebisch als Seiltänzerin: Sie balancierte auf der oberen Eisenstange des Zauns von Tante Johannas Nachbarn von einem Betonzaunbalken zum andern. Mit gestreckten Armen wie Christus am Kreuz ging sie langsam, bis sie in der Mitte der Stange stand. „Ich werde immer für dich sorgen", habe ich zu ihr nach oben gerufen. Sie wankte.

„Dann fang mich!", rief sie und hüpfte runter. Klar rutschte sie mir zwischen den Armen durch und landete schwer auf dem Hintern.

„Das musst du noch üben", sagte sie. „Jetzt habe ich einen blauen Fleck auf dem Po."

„Soll ich dir drauf blasen?", fragte ich.

„Erst wenn wir groß sind!", sagte sie.

„Da ist der Fleck aber schon weg“, sagte ich.
„Na gut“, sagte sie und seufzte.

Hornhaut

Freitag. Noch einen Tag bis zu Bebischs Geburtstagsparty an der Isar galt's zu überleben. Dann war eh alles aus: Entweder sagte mir Bebisch, ich solle für sie als Prüfung ein Vanilleeis aus der Hölle bringen, oder die Oma tauchte bei der Party doch auf, und sie und Baba machten bei mir gleich eine Vollbeschneidung und säbelten mir gemeinsam den ganzen Schniedel ab. Konnte aber auch sein, dass mir Bebisch sagen würde, ich hätte keine Chance mehr bei ihr.

Am Übelsten wäre wohl, wenn sie mir auf der Party gleich ihren Freund vorstellte. Nach dem Motto: „Ach, von Ali hab ich dir nichts erzählt? Ali und ich sind verlobt. Aber mit echten Ringen! Keine Schoko! Pures Gold!" Das wäre echt übel. Wenn sie einen Freund hatte, würde er sicher zu ihrem Geburtstag kommen, oder? Das schien mir momentan die schlechteste Variante zu sein.

Immer mehr beschäftigte mich die Frage: War ich verknallt? In eine Frau, die mich schon ein paar Mal ausgelacht hatte. Egal! Trotz der trüben Gedanken schwirrte mir etwas im Kopf herum: Etwas ganz, ganz Wichtiges. Eigentlich schwirrte es mir schon seit Montag im Kopf herum. Als mir Bebisch von ihrem alten Glücksbringer erzählt hatte. Es war greifbar nah und dann plötzlich wieder weg.

Um mich zu beruhigen, hab ich mich mit Schnauze auf unserem Bolzplatz am Wald verabredet. „Bei Sibels Geburtstag wird's eine Menge Türken geben", sagte Schnauze. „Auch Selmas Eltern. Sie wissen noch nicht, dass ich mit Selma gehe. Pass also auf!"

„Wer weiß es überhaupt?"

„Nur Sibel und Danis. Die Türken sind bei diesen Sachen viel empfindlicher als wir."

„Selma ist doch auch in Deutschland geboren."

„Trotzdem." Ach je! Dachte ich mir. Na ja, vielleicht säbelten die Türken Schnauze und mir gleichzeitig den Schniedel ab. Zu zweit wär's bestimmt leichter zu ertragen.

Wir kickten mit der ganzen Bande aus den Wohnblocks. Jetzt kannte ich schon ein paar Jungs. Alle Altersgruppen waren hier vertreten, alles zwischen acht und achtzehn, nur unsere Väter nicht. Nicht mal Dok spielte Fußball, der Typ ist überhaupt nicht nach mir geraten, aber echt.

„Gehma PEP?", fragte ich Schnauze nach dem Spiel. „Ein bissl chillen?"

„Logisch!" Nach dem Duschen trafen wir uns an der Bushaltestelle. Schnauzes Fahrrad hatte Danis ja zu Schrott gefahren. Zur Sicherheit hatte ich mir von Dok seine Isar-Card ausgeliehen. Sollten heute echte Kontrolleure auftauchen.

„Was treibt dein Alter?", fragte Schnauze.

„Dok? ... äääh!"

„Du schämst dich für deinen Alten, oder?", sagte Schnauze. „Das musst du aber nicht. Du weißt gar nicht, wie ich einen solchen Vater immer haben wollte. Als Kind."

„Ich schäme mich nicht für meinen Vater", sagte ich, klang aber nicht besonders überzeugend.

☪

Schon nach der dritten Kugel Eis wollte Schnauze wieder heim. „Will bei eBay die schwarzen Dragon-Ball-Hefte ersteigern", sagte er. „In einer Stunde geht da die ganze Sammlung durch. Erstausgabe." Auf drei Kugeln Eis rollten wir zur Bushaltestelle am Neuperlach-Zentrum.

Mann! Neuperlach wurde langsam lebensgefährlich. Im 55er Bus wartete auf uns eine üble Überraschung: Eine Glatze! Breit wie ein Billy-Regal von *Ikea*. Auf seinem T-Shirt die Parole *Deutsch Stolz*.

Wir gingen an dem Skin vorbei, Schnauze lachte. „Was ist an diesem Typen zum Lachen?", fragte ich, als wir uns auf einen Zweier-Sitz gehockt hatten. Leise, weil der Gorilla zwei Sitze vor uns saß.

„Hab hier noch nie einen Nazi-Skin gesehen", sagte Schnauze. „Der Wichser ist wohl lebensmüde. In Klein-Istanbul mit 'ner Glatze und so 'nem T-Shirt aufzutauchen. Kennst du den? Was ist das Schnellste auf der Welt? Ein Skinhead, der durch Neuperlach läuft. He, he, he ..."

„Sicher besucht er jemanden im Krankenhaus und weiß gar nicht, was für ein Viertel Neuperlach ist."

„Schau dir seine Glatze an", sagte Schnauze. „Alles Hornhaut. Die Typen sind Hornhaut-Mutanten, damit sie für jeden Anflug von Gedanken widerstandsfähig sind, von innen und von außen."

„Echt?", sagte ich.

Schnauze kramte in seinem Rucksack: „Ich kann's beweisen!" Er holte ein Röhrchen heraus und ein Blatt Papier. Ein Papierstück steckte er sich in den Mund und fing an zu kauen.

Erst jetzt leuchtete es wieder mal in meinem Hirn auf. „Spinnst du?", sagte ich. „Du willst ihn doch nicht beschießen? Wenn er das merkt, sind wir tot!"

„Bleib cremig, Alter", sagte Schnauze. „Der merkt gar nichts. Alles Hornhaut." Er legte das Blasröhrchen an und blies. Eine feuchte Papierkugel flog heraus und KLATSCH! Das Kügelchen zermatschte auf dem kahlen Hinterkopf vor uns, doch der Skin zuckte nicht mal. „Siehst du? Hornhaut! Sag ich doch."

Plötzlich wurde ich auch cool. Neuperlach hatte echt einen guten Einfluss auf mich. „Das war ein Zufall", sagte ich. „Wetten, dass du ihm mit den Kügelchen kein ..." Ich wollte eigentlich sagen: „Wetten, dass du ihm mit den Kügelchen kein Peace-Zeichen auf die Glatze tätowieren kannst", sagte aber „keinen Skarabäus" statt „kein Peacezeichen". Bebischs Glücksbringer spukte mir im Kopf rum.

„Skarabäus?" Und da war mir auf einmal klar, was mir mein Hirn schon seit Montag hatte sagen wollen.

„Ein Peace-Zeichen würde auch reichen", sagte ich.

„Das wäre zu leicht", sagte Schnauze. „Wir steigen sowieso gleich aus. Woll'n wir's mit 'nem U-Hackerl probieren? Wenn er ein U-Hackerl nicht spürt, hat er Hornhaut auf dem Schädel wie ein Nilpferd, und du hast verloren. Okay?"

„Alles klar!" Schnauze zog einen fetten Gummi aus dem Rucksack. Der Bus hielt am Sudermannzentrum an. Zwei Leute stiegen aus. Ein älteres türkisches Paar beobachtete uns mit Wohlwollen, ansonsten hockte hinten wieder keiner. Ferienzeit halt.

Schnauze rollte ein Papierstück zusammen, knickte es in der Mitte, sodass es wie ein U ausschaute, klemmte das U ans Gummi, spannte den Gummi zwischen Daumen und Zeigefinger der linken Hand und WUMM und KLATSCH. Das spitze U bohrte sich fast in die Hornhaut der Glatze.

„Uaaahgrhhh!", brüllte der Skin, sprang auf und donnerte auf uns zu wie der böse Transformer Megatron. Wir machten auf Torpedos, schossen von unseren Sitzen und HUSCH zur Bustür hinaus, die zum Glück noch offen war. Die Glatze sprang hinter uns aus dem Bus, aber draußen hatte er keine Chance, bei so leichtfüßigen Kickern, wie wir es waren.

Der Bus fuhr davon. Ob die Glatze auf seinem Fußweg ins Krankenhaus ein paar türkischen Jungs in die Arme lief, weiß ich nicht. Wir schauten uns nicht mehr um.

☪

Die Anzahl von Napoleons Fans stieg. Schon 72 Leute haben seine Fanseite geliket. Jetzt musste ich noch nach einem schönen Titelbild für seine Seite googeln. Aber hoho! Eine fette Sachertorte. Die nahm ich. Dann postete ich noch ein Video mit Napoleon an seinem Geburtstag am Tisch vor seinem Schokotörtchen hockend. Wir hatten damals gewollt, dass er die Kerzen ausblies, aber er schiss nur drauf und hatte die Torte dann auch noch mit den brennenden Kerzen gefressen.

Am Abend, als ich den Computer ausschaltete, erinnerte ich mich wieder, dass ich noch im Keller nachschauen wollte. Ich lief nach unten. Den Koffer mit den alten Sachen von Tante Johanna hatten wir beim Umzug doch nicht weggeschmissen, oder? Ja, da hinten im Regal lag das Ding! Ich machte den Koffer auf und kramte darin. Volltreffer! Endlich hatte ich für Bebisch ein Geburtstagsgeschenk.

Dr. Reparateur

Am Samstag war Dok schon seit dem frühen Morgen unterwegs – er hatte seinen freien Tag und wollte sich in Baumärkten schönes Werkzeug angucken. Dok liebt Werkzeug. Je mehr er damit kaputt machen kann, umso besser.

Ich schlüpfte nach dem Frühstück wieder ins Bett und las *Die Tribute von Panem*. Warum erinnerte mich die 16-jährige Heldin Katniss an Bebisch? Weil Katniss eine ausgebuffte Jägerin war? Und ständig in Bewegung blieb? Welche Prüfungen wollte Bebisch mir denn aufhalsen? Was Gefährliches? Was Panemartiges? Musste ich mich vor die U-Bahn werfen, um eine kleine Maus zu retten? Oder wollte Bebisch mich einer Prügelprüfung unterziehen? Damit sie abchecken konnte, ob ich mir wegen ihr die Schnauze würde demolieren lassen? Schlugen die türkischen Frauen ihre Männer? Lena hat uns in der Sechsten immer brutal verdroschen. Konnte sein, dass Bebisch auch ältere Jungs verprügelte. Bei dem Respekt, den ihr

Bruder ihr zollte. Außerdem war Bebisch durchtrainiert und kämpferisch wie die Panem-Katniss und machte Kung Fu. Eine echte Killermaschine! Zum Fürchten schön! Tja, was sollte's? Sich von der Frau deiner Träume vermöbeln zu lassen, hatte auch was für sich, oder?

Klar machten mir die größten Sorgen weiterhin Bebischs Baba und vor allem ihre wilde Oma. Da konnte mir Bebisch tausendmal erzählen, Oma würde nicht zu ihrer Geburtstagsparty kommen. Und wenn sie doch kam? Was dann?

Vielleicht sollte ich Bebisch jetzt einfach per WhatsApp erklären, ich hätte eine Knoblauchallergie und müsse mir Türken, Griechen, Tschechen und alle anderen Knoblauchvölker vom Leib halten, und die Sache wäre erledigt. Ich konnte mir dann einen anderen Freund als Schnauze suchen und: Adieu *Türk Connection!*

☪

Bevor ich mich in Schale warf, googelte ich noch etwas, um mir Infos über das Geschenk zu holen, das ich Bebisch geben wollte. Das meiste stand wie immer bei Wikipedia. Hmm … irre, was man nicht alles lernt, wenn man verknallt ist.

Punkt 17 Uhr tauchte ich auf dem Parkplatz vorm PEP auf. Schnauze winkte mir zu, in krassem Abstand zu Selma. Heute gingen die beiden auch vor Baba voll auf Tarnung.

Bebisch und die anderen standen auch schon beim Auto. In den grünen Baumkronen zwitscherten die

Vögel, als wäre heute ein ganz gewöhnlicher Tag und nicht Bebischs Geburtstagsparty. Vielleicht der Entscheidungstag für mich? Aber holla! Glück pur! Oma stand echt nicht dabei. Hinrichtung verschoben. Eeh … nicht ganz. Baba sollte ich nicht vergessen. Heute konnten ganz verrückte Sachen passieren. Aber echt!

Bebischs Mutter hab ich sofort erkannt. Auch wenn sie jetzt ein graues Kopftuch trug. Sie kam mit vollen Taschen die Treppe am Pepper Kulturzentrum runter. Mein Kopf war plötzlich kristallklar – jetzt konnte ich meine Erinnerungen wie Briefmarken in ein Album kleben: Frisch und unbeschädigt. Ob sie mich auch erkennen würde?

„Josch!", rief sie, trippelte auf mich zu und umarmte mich. „Ich bin immer noch traurig, dass Johanna nicht mehr da ist. Deine Tante war meine beste Freundin."

„Hallo Mediha!" Ja, das sagte ich. Bis dahin ahnungslos, doch plötzlich hatte die kaputte Platte in meinem Hirn ihren Namen ausgespuckt.

Mediha strahlte. „Josch weiß immer noch, wie ich heiße! Du hast uns nicht vergessen!"

„Was?", sagte Bebisch und guckte mich streng an. Mediha und Baba gingen ums Auto rum und legten die Einkaufstaschen hinter die letzten zwei aufgeklappten Sitze.

„Deine Mutter hat früher kein Kopftuch getragen, oder?", fragte ich Bebisch.

„Oma ist doch gerade zu Besuch", sagte Bebisch. „Mama läuft jetzt ganz anders angezogen herum als normal: Kopftuch …"

„Du aber nicht", sagte ich.

„Ich lass mir nicht vorschreiben, was ich tragen soll“, sagte Bebisch. Mein Blick huschte über ihr langes Sommerkleid und die trotz aufgedruckter Blumen stoffstrenge Bluse. Ein Maler, der in Bebischs Herz hockte, malte sie rot. Schön war’s! Schon bedenklich aber, oder? Die Oma aus der Türkei war so streng, dass Bebisch nicht mal ihre üblichen Adidas-Jogging-Hosen trug. Wohl wegen der zwei nackten weißen Streifen drauf.

„Das ist nur, damit sich Oma nicht unnötig aufregt“, sagte Bebisch. „Sie ist alt.“

„Klar“, sagte ich.

Auch Selma hatte ihren Minirock im Giftschrank verschlossen und trug einen langen Blumenrock und ein hellblaues T-Shirt. Heftig! Wie sich die Mädels vor ihrer eigenen Familie verstellen mussten. War das gesund? Wenn ich aus unserer Wohnung nackt rausspazierte, würde Dok gleich mitmachen. Statt mir als ordentlicher Vater den Hintern zu versohlen.

Wir stiegen ins Auto. Danis, Schnauze und ich hockten uns auf die Rücksitze. Bebisch und Selma verzogen sich auf die zwei klappbaren Sitze ganz hinten. Baba und Mediha bezogen vorne die Stellung.

„Fahr los, Baba!“, rief Bebisch von hinten.

„Geht nicht“, sagte Baba. „Der Motor springt nicht an.“

„Und was jetzt?“, fragte Bebisch. „An der Isar warten doch schon alle auf uns. Das ist meine Geburtstagsparty, Baba!“

„Was kann ich denn dafür, dass das Ding nicht läuft?“ Wir stiegen aus dem Auto.

„Lass die Taschen im Auto, Mediha“, sagte Baba.

„Dann schmilzt der Geburtstagskuchen zusammen“, sagte Mediha. „Im Auto ist es sehr heiß.“

Baba machte die Motorhaube auf. Bebisch verdrehte die Augen. Baba zupfte an ein paar Drähten und wollte die Haube wieder zuklappen. „Das ist etwas Kompliziertes“, sagte er. „Wenn's sogar ich nicht reparieren kann.“

„Baba!“

„Kann ich euch helfen?“, brüllte plötzlich eine Männerstimme hinter uns.

„Servus“, sagte ich.

„Servus, Jonas.“

Der Schock stand Bebisch auch gut. Nicht nur das Rot im Gesicht. „Du kennst ihn echt?“

„Klar kenne ich ihn“, sagte ich. „Das ist mein Vater!“

„Cool“, sagte Bebisch.

„Schon, oder?“, sagte Dok und wiederholte: „Kann ich euch helfen?“

Baba kam zu ihm. „Kannst du uns Starthilfe geben?“

„Ich hole mein Auto“, sagte Dok. Kurz darauf fuhr er mit unserem Opel an. Napoleon schoss heraus und begrüßte mich überschwänglich.

„Du kennst auch den Hund?“, fragte Bebisch erstaunt. Manchmal denken sogar kluge Mädchen nicht blitzschnell. Na ja, da konnte ich hin und wieder nachhelfen. Beim Denken meine ich. Zumindest wusste ich jetzt, dass sie mich unbedingt brauchte.

Leider hüpfte Napoleon nur kurz zu mir hoch. Plötzlich blieb er nahezu in der Luft stehen und witterte. Er fiel runter und starrte Medihas Einkaufstaschen an.

„Mediha?", sagte ich. „Kannst du die Taschen schnell ins Auto stellen? Wenn Napoleon Kuchen riecht, ist er nicht zu halten."

Beim Wort Kuchen begann Napoleon zu wimmern und zu quieken wie ein Ferkel. Plötzlich wurde er aber still, erstarrte und machte sich bereit zum Sprung. Ich packte ihn am Halsband.

„Der Hund frisst doch keinen Kuchen", sagte Mediha.

„Doch!", sagte Bebisch. Mediha zuckte mit der Schulter, stellte die Tüten auf die Hintersitze und schlug die Tür zu: „Hoffentlich fahren wir in ein paar Minuten los. Sonst können wir den Kuchen vergessen."

„Keine Sorge", sagte Dok. „Ich bin der geborene Automechaniker."

„Scheißeee", dachte ich mir.

„Hast du ein Starterkabel?", fragte Dok Baba.

„Klar habe ich ein Starterkabel", sagte Baba. „Ein Türke trägt immer alles bei sich, was er braucht."

„Baba!", sagte Bebisch. Baba grinste sie ausnahmsweise etwas schüchtern an und zog aus dem Koffer sein Starterkabel.

Verblüfft starrte Dok die dünnen Kabel an. „Das sind doch keine Kabel", sagte er und holte aus unserem Kofferraum seine Spezialkabel, die dick sind wie ein Elefantenrüssel. „Das sind Kabel!"

Er schloss die Kabelenden an unsere Batterie. Baba gab in unserem Opel ordentlich Gas und Dok fuhr mit den Kabelkontakten über seinen nackten Arm, bis Funken sprühten und Doks Hauthaare brannten und zischten: BREZZ. BREZZ.

Da meine Mutter nicht da war, überlegte ich kurz, selbst in Ohnmacht zu fallen. „Siehst du?", sagte Dok zu Baba. „Das sind Kabel! Mit g'scheiten Kabeln kann nichts schief gehen." Trotzdem sprang Babas Motor auch bei der Starthilfe mit Doks dicken Wunderkabeln nicht an. Dok steckte seinen Kopf unter die Motorhaube.

„Und einen solchen Vater verheimlichst du vor mir, Josch?", sagte Bebisch. „Mit diesem lustigen Vater kannst du doch überall angeben! Viel mehr als mit einem iPhone!"

Jetzt war ich verblüfft: „Echt?" Aber mich groß zu wundern, hatte ich keine Zeit. Jede Sekunde erwartete ich, dass Dok am Motor etwas abbrechen, sich verletzen, den Motor so kaputt reparieren würde, dass ihn nicht mal mehr ein Formel-1-Mechaniker zum Laufen brachte.

Baba stellte sich zu Dok: „Kann ich dir helfen?"

Dok reichte ihm seine mit Öl verschmierte Hand. „Ich bin Dok!"

„Und ich bin Baba", sagte Baba.

„Anscheinend verstehen sich die beiden", sagte Bebisch.

„Nicht mehr lange", dachte ich.

„Habt ihr ein paar Taschentücher?"

„Hat Auto Schnupfen?", fragte Schnauze in seinem alten Neuperlacher Deutsch, guckte mich an und zuckte entschuldigend mit der Schulter.

Dok lachte. „So kann man's auch sagen. In der Nacht hat's ein Gewitter gegeben. In die Elektrik ist ein bissl Wasser reingekommen. So! Versuch noch mal zu starten!"

Jawohl! Jetzt würde es kommen! Baba würde den Autoschlüssel drehen und der Motor würde explodieren! Evakuierung! Doch das Auto ging ganz harmlos an und schnurrte friedlich vor sich hin. Irre! Dok war tatsächlich Weltmeister im Auto reparieren!

„Das ist mein Vater", sagte ich zu Bebischs Mutter. Vielleicht würde sie's zu Hause der Oma erzählen und danach scheute sich die Oma, mich umzubringen, wenn sie meiner Familie so dankbar sein musste.

„Oh!", rief Mediha und reichte Dok die Hand. „Du bist der Schwager von Johanna. Wir waren sehr gute Freundinnen, bevor sie starb."

Dok schüttelte ihr die Hand und guckte Bebisch an. „Du bist also das kleine Mädchen, wegen ..." Oh, Gott! Würde er jetzt sagen: „... wegen dem Jonas so krank wurde"? Dann wäre alles aus, dann wüsste ebischs ganze Familie, dass Bebisch und ich schon mit zehn verlobt gewesen waren. Ehrenmord!

Dok stutzte, lachte breit und sagte: „Jetzt hab ich glatt vergessen, was ich sagen wollte. Hey! ... Wo ist Napoleon?"

„Scheiße!", sagte ich und starrte die offene Fahrertür von Babas Auto an. Klar hatte Napoleon die Gelegenheit genutzt. Aus dem Auto kam ein leises Wimmern.

„Den Kuchen könnt ihr vergessen", sagte ich.

Dok schüttelte den Kopf. „Warum denn?", sagte er. „Seit unserem letzten Kuchenstress habe ich Napoleon zu einem richtigen Kuchenwachhund erzogen."

Er machte die Hintertür auf. Und echt. Napoleon hockte brav auf dem Rücksitz und wachte über den Kuchenschatz. Dok flüsterte mir ins Ohr: „Ich hab ihm Eis versprochen, wenn er auf den Kuchen aufpasst."

„Wir feiern heute an der Isar meinen Geburtstag“, sagte Bebisch. „Grillen ... Sie sind herzlich eingeladen.“

Oh, Gott, bitte! Lass Dok nicht grillen. Beim Grillen in Opas Garten, da war ich zwölf, hatte Dok seine ganze Haarpracht eingebüßt, weil er auf die Holzkohle einen halbvollen Kanister Benzin leerte. Die Flammen schlugen gen Himmel, als Dok sein Streichholz am Grill angezündet hatte.

„Du kannst mich duzen“, sagte Dok. „Ich bin Dok. Und ich komme gern!“ Hilfeee!

„Bringen Sie auch Joschs kleinen Bruder mit!“

„Den kleinen Bruder von Jonas?“, fragte Dok verblüfft. Zum Glück dachte Bebisch, Dok wäre durcheinandergekommen, weil sie meinen Kindernamen verwendet hatte.

Schnauze versuchte mich zu retten: „Ja! Den Kleinen im Rollstuhl!“

Dok schaltete ungewöhnlich schnell. „Ah! Unseren kleinen Sohn im Rollstuhl. Das geht leider nicht. Der ist jetzt über die Ferien in einem Sanatorium in der Schweiz.“

„Der Arme!“, sagte Bebisch. „Ganz allein?“

„Wir ... wir besuchen ihn oft“, sagte ich. Jetzt musste auch meine Familie wegen mir lügen.

Dok versuchte Napoleon in unseren Opel zu treiben. Der hockte aber wie angewurzelt in Babas Auto und starrte die Tasche mit dem Kuchen an: „Na, wann krieg ich ein Stück ab, ihr Geizhälse?“

Dok klatschte ihm auf den Hintern. „Du bekommst gleich eine Kugel Carameleis.“ Napoleon erhob sich und marschierte würdevoll, wie ein wahrer Schatzwächter, Dok hinterher.

„Viel Spaß beim Grillen! Bis dann, Jonas!" Dok und Napoleon hockten sich in unseren Opel und düsten ab.

„Euer Hund ist so süß", sagte Bebisch im Auto. „Hast du ein paar Fotos von ihm?"

„Du kannst bei Facebook gucken", sagte ich.

„Bei Facebook hast du doch keine Hundefotos!", sagte Bebisch.

„Du musst auf Napoleons Seiten schauen", sagte ich.

„Waas? Euer Hund ist bei Facebook?"

„Klar!", antwortete Schnauze statt mir. „Bin mit Napoleon schon befreundet."

„Das gibt's doch nicht!", sagten Bebisch und Danis und zückten ihre iPhones.

„Du musst nach *Napoleon Hund* suchen", sagte ich.

„Echt!", rief Danis. „Schaut! Der Hund ist bei Facebook."

„Das ist super", sagte Bebisch und kraulte mir von hinten das Haar. Es fühlte sich an, als ob mein Haar brennen würde wie der brennende Busch. Boah! Baby! Jetzt habe ich dich echt beeindruckt.

„Sibel hat Tiere schon immer gemocht", sagte Mediha.

„Du hast echt einen super Vater", sagte Schnauze.

„Ein ganz toller Mann", sagte Mediha.

„Der ist so locker wie ich!", sagte Baba.

„Baba!!!"

Türkisches Tiramisu

An der Isar unter der Thalkirchener Brücke stieg Rauch in den blauen Himmel. Hunderte Grills und Feuerstellen an denen türkische Krieger ihre Messer wetzten. „Komischer Zufall", sagte ich. „Gerade heute, wo du deinen Geburtstag feierst, wollen hier so viele Türken grillen. Das sind doch alles Türken, oder?"

Viele der Frauen trugen lange Kleider und Kopftücher, sogar einige Mädchen. Und das im Hochsommer. Gebadet wurde nicht. Wahrscheinlich hatte Anne schon ein bissl recht damit, dass viele Türken etwas andere Sitten haben als wir. Wenn so viele Deutsche hier gegrillt hätten, würdest du nur Bikinis und viel Haut sehen.

Bebisch grinste mich an. „Kein Zufall! Alles meine Cousins, Cousinen, Tanten und Onkel."

„Was? Das sind doch sicher zweihundert Leute. Jung und alt ... Wenn ich Geburtstag feiere, kommen höchstens zehn Freunde zusammen."

„Dogum günün kutlu olsun, Sibel." Das kam von überall. Auch wenn ich noch kein Türkisch konnte, erkannte ich sofort einen Geburtstagsglückwunsch. Manchmal bin ich stolz auf mein Blitzdenken, manchmal aber ... ach, lassen wir das.

Wir kämpften uns zwischen den vielen Leuten und Grills weiter zum Ufer. Schnauze stieg sofort ins Wasser und jagte dort den Fischen Angst ein. Selma blieb am Ufer bei ihren Eltern — heute hielt sie Schnauze auf Distanz, damit ihre Liebestarnung nicht aufflog.

Ein paar Mädchen trauten sich doch ins Wasser. In T-Shirts und leichten aber langen Sommerröcken. In Neuperlach liefen die meisten türkischen Mädchen im Minirock rum, für eine türkische Party zogen sie sich aber an wie für die Klosterschule. Ging wohl nicht anders, wenn die Omas dabei waren.

Auch ein paar Jungs hüpften ins Wasser. Sie trugen Badehosen, auch wenn sie ihnen bis zu den Knien reichten. Wir andern glühten die Holzkohlen an und breiteten die mitgebrachten Speisen aus, bis das Isarufer wie eine richtige Fresswiese aussah.

Aber hallo! Sogar Emre und seine Eltern tauchten auf. Sie grüßten mich freundlich. Emres Mama trug eine Schüssel voll mit der berühmten türkischen Joghurtsoße, an der ich in Bebischs Wohnung meine Knoblauchunschuld verlor – Cacik: Schon jetzt konnte ich mir gegrilltes Fleisch ohne Knoblauch nicht mehr vorstellen. Eine riesige Schüssel Soße. Wahrscheinlich Emres alte Badewanne.

Als seine Mutter die Schüssel an mir vorbei trug, zog ich gierig den Knoblauchduft ein. Sie stellte die Schüssel ans Wasser. Mann! Sollten Dok und Anne doch

kommen, dann war ein Ohnmachtsanfall vorpro-
grammiert. Zum Glück gab's in der Isar Wasser genug.
Um Anne wiederzubeleben.

Bald steckte Danis mir ein silbernes Tablett voller
Lammkottelets zu. Ich schaufelte ein paar auf meinen
Teller, ging, wie die andern, zu der großen Schüssel
mit Soße, die am Ufer wie die Bundeslade thronte, und
haute einen vollen Schöpflöffel neben das Fleisch.
Noch etwas gegrilltes Gemüse dazu: Tomaten, Zuccini,
Auberginen, Paprika ...

Ich wimmerte vor Wonne, kaute, mit Bebisch vor
Augen, wie sie zwischen den Grills tanzte und sich
beglückwünschen ließ. Der Abend hätte cremig schön
sein können. Wären die letzten Besucher nicht er-
schienen.

Napoleon, voll in Partystimmung, zog an der Leine
Dok hinter sich her, Anne im Schlepptau. Ungewöhnlich, dass Dok Napoleon an die Leine genommen hatte. Bei so 'ner großen Geburtstagsparty war's aber
nicht verkehrt. Neben den Grills lag auch eine Menge
Süßes herum. Doch komischerweise war Napoleon
heute auf etwas anderes aus.

Als meine Familie bei mir ankam, entdeckte er die
Schüssel mit der Joghurtsoße. Seine Schnauze witterte
sofort. Eigentlich musste er den Knoblauch bis zu uns
riechen und sich angeekelt abdrehen, wie's seine Art
war. Doch diesmal nicht.

„Hey", sagte ich und klopfte ihm auf den Hintern.
„Das ist doch Knoblauchsoße, Mann! Du magst doch
kein Knoblauch, oder?"

Dok zog Napoleon an der Leine zu sich. Napoleon
hockte sich auf den Boden, bremste mit dem Hintern

und spreizte seine Füße. „Der Blödian hat von dem ganzen Zucker keinen Riecher mehr", sagte Dok. „Er denkt, dass das Tiramisu ist. Eine so große Glasschüssel mit Tiramisu hat's beim Geburtstag meines Bruders gegeben."

„Tiramisu?", sagte Danis. „Wir sind doch keine Italiener, wir sind Türken!"

„Da macht Napoleon keinen großen Unterschied", sagte Dok. „Zucker schmeckt überall gleich. Aber du hast recht. So blöd, um knoblauchschwangere Soße mit Tiramisu zu verwechseln, ist nicht mal Napoleon. Ich mag nicht, ihn so zu quälen. Er wird schon ruhig bleiben. Den Kuchen in eurem Auto hat er ja auch nicht angerührt."

Und dann kam das Blödeste, was Dok je angestellt hatte: Er ließ Napoleon von der Leine. Napoleon zögerte keine Sekunde mehr und stürmte auf die Schüssel zu. Manchmal verstehe ich den Hund. Echt! Jetzt hörte ich ihn auf jeden Fall kreischen:

„Da ist ja mein Schönheitsschlammbad. Wau, wau!" Napoleon hüpfte in die Schüssel und begann, sich in Cacik zu wälzen, als sei er ein Ferkel und kein Hund.

Die Türken hörten auf zu grillen. Emres Mutter guckte dem in ihrer Soße badenden Hund zu. Zu Stein erstarrt. Da war nix mehr zu retten. Anne beobachtete die Szene ganz cool. Kein Anflug von Ohnmacht.

Um uns herum fingen alle an zu lachen und zeigten auf unseren Hund, der kläffte und bellte und sich dabei weiter in Knoblauchjoghurt aalte. Vor Freude machte er sogar einen Purzelbaum in der Schüssel. Dok machte einen Schritt auf Napoleon und die Schüssel zu, doch Napoleon hatte schon genug geschlammt und sprang wieder aus der Schüssel heraus. Ein Schoßhund in einem fetten Knoblauchjoghurtkleid.

„Nein, Napoleon!", brüllte Dok plötzlich. „Nicht zu uns! Ins Wasser!"

Auch in meinem Kopf spulte sich sofort ein Film ab, wie Napoleon gleich bei Dok und Anne anhalten und sich mit viel Freude die Joghurtsoße vom Fell schütten würde. Uns mit Wasser so zu bespritzen, wenn wir am See waren, war Napoleons Lieblingsbeschäftigung.

„Napoleon! Setzen!", brüllte Dok. Da jagte ihm aber Napoleon schon in seinem Knoblauchkleid entgegen. Dok drehte sich um und versuchte, zwischen den Grills slalomartig zu flüchten und sich im Auto zu verstecken. „Napoleon! Halt!"

Inzwischen verfolgten schon alle Türken das Naturkino mit Dok & Doof, pardon – mit Dok & Napoleon, und ließen sich in einem kosmischen Lachanfall durchschütteln. Ein in Joghurtsoße getunkter Schoßhund verfolgt einen großen Mann. Und plötzlich geschah ein Wunder: Anne begann zu lachen, lachte immer heftiger, bis auch sie sich schüttelte vor Lachen.

Schon hatte Dok den Bühnenrand erreicht, das Ende der Uferwiese, bald würde er oben auf dem Parkplatz sein, bei unserem Auto, sich darin vor Napoleon einschließen – allen Hindernissen erfolgreich ausgewichen. Wenn ihm nicht eine Fanta-Plastikflasche in die Quere gekommen wäre:

Im Lauf hatte Dok hochgeguckt, wie er den aufsteigenden Pfad zum Auto bewältigen konnte, er trat auf die halbvolle Flasche, rutschte aus und legte einen zirkusreifen Sturz hin. Noch auf allen Vieren drehte sich Dok aber blitzschnell um, wollte wohl sehen, welchen Vorsprung er noch hatte – keinen mehr! Schon landete Napoleon in seinen Armen: PATSCH! Mit der Soße aus der Schüssel tapezierte Napoleon Dok zu.

„Du blöder Hund, du!“, kreischte Dok, joghurtweiß wie der Weihnachtsmann, hielt Napoleon aber weiter in den Armen und kraulte ihn hinter den Ohren.

Ich war wohl der einzige, der nicht lachte. Bebisch lag mir ganz fertig zu Füßen und schnappte nach Atem. Anne hielt sich den Bauch, als ob sie schwanger wäre. Bebischs ganze große Familie war zu einer Horde von Lachbeuteln verwandelt. Nur der Held des Abends stand wieder aufrecht:

Wie ein Joghurtmonster schritt Dok zwischen den Lachenden zum Ufer zurück, Napoleon fest in den Armen eingeschlossen. Stolz winkte Napoleon mit seinem Pfötchen der lachenden Menschenmenge unter ihm zu, den Kopf hochgereckt, und dachte sich sicher: „Hey, Leute! Welcher Bernhardiner kann schon eine solche Show abziehen wie ich?“

Erst ganz nah am Wasser fing Napoleon an zu ahnen, was ihm bevorstand. Er wollte nur ein warmes Joghurtbad, verdammt, kein kaltes Wasserbad. Da sprang Dok aber schon mit ihm in die Isar.

Klitschnass lief Dok an uns vorbei. „Zum Glück habe ich im Auto Ersatzkleider“, rief er. Klar verfolgten alle Türken seinen Weg zum Wagen. Heute war hier Dok der Showman. Erst als er am Auto stand, checkte ich seine unschuldig klingende Aussage: „Zum Glück habe ich im Auto Ersatzkleider.“

Ersatzkleider? Da würde er sich sicher umziehen wollen. Und plötzlich rollte ein anderer Film in meinem Kopf – ein Tagalbtraumfilm: *Seelenruhig schlüpfte Dok am Auto vor den ganzen zugeknöpften Frauen in ihren Kopftüchern aus seinem Hemd, seiner Hose und zu allem Überfluss aus seiner Unterhose. Zur Abwechslung fielen daraufhin alle Türkinnen in Ohnmacht.*

Nur Anne würde cremig zugucken. Sie hatte Doks Gurke schon gesehen. Dass er arg gegen die türkischen Sitten verstoßen hatte, würde Dok selbstverständlich nicht merken. Sein blödestes Lächeln im Gesicht würde er breitbeinig und nackt dastehen und langsam seine Kleider auswringen, so wie er es am See mit seiner Badehose immer machte.

Ich wollte mich auf die Knie werfen und Gott danken, dass zumindest die türkische Oma nicht zur Party mitgekommen war. Egal! Auch so würde Bebisch sofort mit mir Schluss machen. Wenn Dok hier einen Strip hinlegte. Doch ich kannte Dok wohl immer noch nicht so gut: Er drehte sich um, zwinkerte mir zu, holte seine trockenen Klamotten aus dem Koffer und trottete ins Wäldchen. Oh, Dok! Voll sensibel, was?

Also blieb alles im grünen Bereich. Nur Bebisch sollte mich nicht mit dem Essen wieder nervös machen. „Hey, Josch!", flüsterte sie mir am Grill zu. „Hat's Napoleon von dir geerbt oder du von ihm?"

„Was denn?"

„Na, fremden Leuten das Essen zu klauen?"

Erst wenn ich erwachsen bin

Eine Nacht wie aus *Der Herr der Ringe*: Der dunkle Strom! Die raschelnden Baumkronen. Die Ents marschieren umher. Ein Stück weiter die Glut der Grills wie die Feuer von Mordor. Krasse Märchenzeit! Eine super Gelegenheit für deine Prinzessin, dich ein paar Prüfungen zu unterziehen, oder? Nach dem Motto: „Jawohl, Josch! Jetzt musst du aus dem Feuerschlund des Schicksalsbergs unsere alten Schokoverlobungsringe holen!"

Alta! Heute Nacht würde es soweit sein. Wann sonst? Nur, keine Bange, Baby Bebisch. Ich habe etwas Besseres für dich aus unserer Vergangenheit als einen Schokoring. Schokolade schmilzt, weißt du? Doch das Wunderding, das ich für Dich gleich aus der Tüte zaubere, hält ewig! Wie würde sie reagieren? Ich freute mich darauf, wie Napoleon auf eine Sahneschnitte.

Bald hockten Bebisch und ich im Dunkeln auf den Ufersteinen. Das Wasser blubberte und zischte, auch in mir kochte alles: Romantik pur! „Dein Geburtstagsgeschenk!", sagte ich und reichte ihr mein Päckchen. Kein schlechtes Timing. Der Mond und die Sterne malten das Geschenk noch romantischer, als es schon war. Jetzt lief kein Film mehr in meinem Kopf ab. Wir hockten selbst in einem Film: Nummer 1 in den Kinocharts.

Bebisch packte es aus, noch ein Stück Papier, und das Dönerröschen riss die Augen auf und erstarrte zum Stein. Zum Glück nur für ein paar Sekunden. „Mein Glücksbringer!", rief sie. „Mein Skarabäus! Wo hast du ihn gefunden?"

„Du hast den Käfer damals wohl bei meiner Tante liegen lassen", sagte ich. „Als du mir davon erzählt hast, erinnerte ich mich, ein solches Ding zwischen Tante Johannas Sachen gesehen zu haben. Der alte Koffer von meiner Tante liegt bei uns im Keller. Jetzt habe ich da den Käfer rausgebuddelt."

„Siehst du?", sagte Bebisch. „Dem Schicksal rennst du nicht davon."

„Alles ist ein Zufall", sagte ich. „Weißt du, warum ein Skarabäus Glück bringt?"

„Muss es immer einen Grund geben?", fragte Bebisch. „Mein Onkel hat mir erzählt, das sei ein Glücksbringer, und das hat mir gereicht."

Sieh mal an! Gründe interessierten sie nicht? Und wann sollte ich mit meinem Wikipedia-Wissen prahlen, wenn sie der Sache nicht auf den Grund gehen wollte? Krass, oder? Du liest dir die Augen am Bildschirm wund, und dann kannst du das Mädchen deiner Träume nicht mal zutexten damit? So leicht würde sie mir nicht davonkommen:

„Im alten Ägypten hat man den Skarabäus mit der Sonne und dem Leben zusammengebracht", sagte ich. „Ein Skarabäus wälzt vor sich eine Dungkugel, in die er seine Larven legt. Die alten Ägypter dachten, die kleinen Käfer würden direkt aus dem Dung schlüpfen, also aus dem Nichts entstehen. Der Skarabäus würde seine Kinder selbst erschaffen. Wie Gott uns aus Lehm. Außerdem erinnerte die rollende Kugel die Ägypter an die Sonne. Und die Sonne war bei den alten Ägyptern der Gott. Gott und Leben – also Glücksbringer."

Bebisch spielte weiter mit ihrem Skarabäus. „Du weißt sehr viel!", sagte sie. Hoho! Krass wie dir ein kurzer Check bei Wikipedia Pluspunkte brachte. Ab jetzt musste ich mir jeden Abend eine Stunde Wiki reinziehen und ihr jeden Tag was ganz Schlaues um die Ohren hauen.

Dok hatte mal gesagt, dass Frauen auf intelligente und humorvolle Männer stehen. „Wie mich!", sagte Dok damals und Anne kreischte ihn an, er solle gefälligst für ein paar Minuten den Mund halten, dieses ständige Gelaber ohne jede Tiefe könne doch keiner aushalten.

Plötzlich flüsterte mir der Fluss zu: „Überlasse deine Entscheidungen nicht den anderen. Schaue, höre, handle! Warum lässt du dich durchs Warten auf irgendwelche blöden Prüfungen verunsichern lassen? Handle! Jetzt!"

Doch mein Dornröschen war wie immer schneller als ich: „Jetzt darfst du mich wachküssen!", sagte sie. Na, dann!

„Das hat aber gedauert“, sagte sie, als ich wieder
Atem holen wollte. Bei Frauen ist es schwierig, den
Durchblick zu behalten. Habe gedacht, Küssen wäre
bei den Türken erst nach der Hochzeit erlaubt, und
plötzlich waren wir mittendrin.

Wir küssten uns wieder, und der Fluss flüsterte mir
dabei zu: „Nur jetzt nicht stehen bleiben! Weiter gehen!“ Aber ich flog sowieso schon in den glühenden
Schlund des Schicksalsbergs und war heiß wie ’ne
Grillkartoffel. Noch hielt ich sie umarmt, eine Sekunde später aber fuhr meine Hand unter ihr T-Shirt, als
ob ich dort ’ne Bowlingkugel zum Rollen bringen wollte. Einfach so. Ohne Absicht meinerseits. Meine Hand
hatte sich selbstständig gemacht. Echt! Mit einer
Kung-Fu-Technik fegte Bebisch meine Hand weg.

„Nicht jetzt!“, sagte sie.

„Wann denn?“

„Wenn ich erwachsen bin.“

„He? Erwachsen? Das kann noch ein paar Jahre dau-
ern, oder?“

„Wieso denn?“, fragte Bebisch.

„Wann bist du dann erwachsen?“

„Am Mittwoch!“

„Am Mittwoch? Du bist am Mittwoch erwachsen?“

„Ja! Du weißt doch, dass ich am Mittwoch sechzehn
werde.“

„Ach so. Bist du aber sicher, dass du nicht vier Tage
früher geboren bist? Im Krankenhaus werden eine
Menge Babys verwechselt, weißt du? Wäre schade,
wenn du wegen eines Fehlers so wichtige Sachen
falsch einplanen würdest. Bei Facebook hat mal ein

Astrologe geschrieben, dass die Sterne fürs Kuscheln immer günstig stehen." Sie kicherte.

„Nur Geduld!", brummte mir eine Eule von den nahen Bäumen zu, doch gleich fegte eine Polizeiauto-Sirene ihr leises Heulen weg. Lieben und Leben in der Stadt, Mann – unberechenbar.

Die Enthüllung

Klar gab ich nicht auf. Vielleicht würde die Nacht sie noch zur Vernunft bringen. Hand in Hand liefen wir noch ein Stück weiter von Bebischs grillenden Cousins, Cousinen, Tanten und Onkeln, von ihrer krass großen Familie, weg, rein in den Wald, so weit, bis wir – immer noch Händchen haltend – Baba in die Arme stolperten:

Im hellen Mondschein tauchte er vor uns auf wie Dschingis Khans Späher. In der Rechten schwenkte er seinen Speer, einen frisch abgeschnittenen Stock, in der Linken ein brutales Fleischermesser. Krass, in was sich ein Grillhilfsgerät in kürzester Zeit verwandeln konnte: In eine tödliche Waffe!

Bebisch drückte mir vor Schreck die Hand und ließ sie los. Ich griff mir ihre Hand wieder. Schluss mit dem Versteckspiel! Ich guckte Baba direkt in die Augen. „Ich liebe Ihre Tochter", sagte ich. „Und jetzt können Sie mir deswegen ruhig den Schniedel abschneiden. Oder mich gleich umbringen."

Baba runzelte die Stirn. Zumindest glaubte ich, sein Stirnrunzeln im Mondschein zu erkennen. „Ich bringe doch keine Lebewesen um. Ich bin bei den Grünen. Und wenn ich dir jetzt den Schniedel abschneide, würde ich keine Enkel bekommen. He, he, he …"

„Baba!", rief Bebisch. „Klopf bitte nicht solche Sprüche!"

So klopfte Baba mir auf die Schulter. „Du kannst mich duzen, Josch. Zumindest, bis du etwas anstellst."

Klar musste ich noch abchecken, was mir Bebisch über die Säbel in seinem Schlafzimmerschrank erzählt hatte. Unauffällig. Als wollte ich auch einen Scherz machen. „Hast du denn überhaupt keine Waffen?", fragte ich. „Zum Beispiel im Schlafzimmerschrank versteckt, hi, hi, hi?"

„Im Schlafzimmerschrank verstecke ich nur Kondome", sagte Baba.

„Jetzt reicht's!", sagte Bebisch.

„Allah!", rief Baba plötzlich auf. „Oma!"

„Wo?", krächzte Bebisch vor Angst.

Doch Baba beruhigte sie gleich. „Nicht hier! Mir ist nur eingefallen, dass sie ja zu Besuch bei uns ist. Sollte Oma euch auf die Schliche kommen, bringt sie uns alle um."

„Baba?", rief Mediha vom Ufer. Baba war für die ganze Familie „Baba", auch für seine Frau. Ob Oma zu ihm auch „Baba" sagte? Das würde sich bald herausstellen.

„Hier sind wir!", rief Baba.

Medihas Taschenlampe suchte den Wald ab. Bei uns angekommen peilte sie die Lage sofort. „Ich wusste es doch", sagte sie. „Das wird meine Mama nicht überleben. Sie hat für Sibel schon einen Jungen in unserem Dorf in der Türkei ausgesucht."

„Was?", brüllte Bebisch. „Was denkt sie sich dabei? Ich gehe mit keinem Jungen, den ich nicht kenne."

„Ja, ja ..." Baba klopfte ihr auf den Rücken. „Das ist uns klar. Wir müssen das mit Oma aber sehr vorsichtig angehen. Als ich deine Mutter heiraten wollte, hat Oma mir Medihas Bruder auf den Hals gehetzt. Die hätten mich fast umgebracht ..."

„Jetzt übertreib nicht", sagte Mediha.

„Wieso umgebracht?", fragte ich. „Du bist doch auch Türke."

„Für die Oma kein richtiger", sagte Baba. „Ich bin in Deutschland geboren. Mediha habe ich bei einem Urlaub in der Türkei kennengelernt. Für ihre Mutter bin ich Almancilar – Deutschländer. Oma wollte ihre Tochter nur jemandem aus ihrem Dorf geben. Schon zwei Dörfer weiter in Anatolien ist für Oma Ausland. Als ich Mediha heiraten wollte, musste ich mich bewaffnen und sie aus ihrem Dorf entführen. Man hat auf uns geschossen ..."

Mediha lachte. „Baba hat auf mich mit dem Taxi an der Busstation gewartet. Bewaffnet mit einer Banane. Der einzige, der dort geschossen hat, war der Busauspuff."

„Du solltest den Kindern nicht solch schöne Geschichten kaputt machen", sagte Baba. Er erinnerte mich immer mehr an Dok.

„Baba hat aber recht", sagte Mediha. „Ihr dürft euch jetzt nicht so oft sehen. In drei Wochen fliegt meine Mutter zurück in die Türkei, dann müssen wir keine Angst mehr haben."

„Ich warte keine drei Wochen“, sagte Bebisch. „Ich habe auf ihn jetzt sechs Jahre lang gewartet.“

„In der Stadt könnt ihr euch ja sehen“, sagte Baba. „Da kommt Oma sowieso nicht hin. Josch sollte aber nicht zu uns kommen.“

„Ich will aber, dass Josch am nächsten Wochenende mit uns zur Tante nach Franken fährt“, sagte Bebisch.

„Waas?“, sagte Baba. „Bist du verrückt geworden?“

„Sibel!“, sagte Mediha. „Du weißt, dass das nicht geht. Zu meiner Schwester nach Franken kommt doch auch deine Oma mit.“

Baba regte sich immer mehr auf: „Das geht überhaupt nicht! Das wäre doch der Wahnsinn! Oma macht Köfte aus uns, wenn sie entdeckt, dass du mit unserem Wissen einen deutschen Freund hast.“

„Josch kann doch als Freund von Danis mitkommen“, sagte Bebisch. „Vielleicht gewöhnt Oma sich ja an Josch.“

Mediha seufzte. „Mädchen, das wird nicht gut gehen. Meine Mutter merkt doch sofort, dass wir sie belügen. Wieso sollte Danis einen deutschen Freund zu meiner Schwester mitnehmen, wenn sich dort nur unsere Familie trifft?“

„Weil Danis … weil Danis Nachhilfe in Mathe braucht.“

„Ich hab einen Einser in Mathe“, sagte Danis. Er war aus dem Wald aufgetaucht wie Robin Hood. Hand in Hand mit Lena.

„Und was ist denn das für ’ne abgefahrene Show?“, sagte Baba. Er nahm Mediha die Taschenlampe aus der Hand und leuchtete Lena in ihr blondes Gesicht.

„Grüß Gott“, sagte sie kleinlaut.

„Allah!", sagte Baba. „Noch vor ein paar Minuten waren wir eine anständige türkische Familie, und jetzt haben wir zwei Deutsche darin." Er fiel auf die Knie und begann zu beten.

„Ich habe Baba noch nie beten gesehen", sagte Mediha.

„Wieso betest du, Baba?", fragte Bebisch. „Du bist doch Marxist!"

„Bei deiner Oma kann Marx mir nicht helfen", sagte Baba. „Bei deiner Oma kann nur Allah was ausrichten."

„Josch kommt nach Franken mit", sagte Bebisch resolut. „Sonst geht er mir wieder verloren." Ich sagte nichts, wartete ab. Mir war aber schon seit der Köfte-Party in ihrer Wohnung klar, wer in der Familie der Boss war: Bebisch. Wer sonst?

Meine Prinzessin klopfte Danis auf die Schulter. „Das machst du doch für mich, Brüderchen, oder?"

„Na gut", sagte Danis. „Aber nur unter einer Bedingung."

„Welche Bedingung denn?"

„Lena kommt auch mit!"

„Allah!", rief Baba. Er wandelte sich vor unseren Augen noch zu einem richtigen Moslem.

„Kinder!", rief Mediha.

„Spinnst du?", sagte Bebisch zu Danis. „Oma sucht in Anatolien sicher auch schon eine Braut für dich. Wie willst du ihr Lena erklären?"

„Na, dass sie deine Freundin ist", sagte Danis.

Bebisch gackerte. „Das ist doch voll blöd!"

„Genauso blöd wie bei dir und Josch!"

„Nein! Das ist was ganz anderes!"

„Gar nicht!"

„Und warum sollte meine deutsche Freundin zu meiner Tante nach Franken mitkommen, du Blitzdenker?", fragte Bebisch. „Wenn wir dort ein Familientreffen haben?" Meine Süße hat nicht mal gemerkt, dass sie dasselbe gerade eben von ihrer Anne gefragt wurde.

„Lena muss dir Nachhilfe in Deutsch geben", sagte Danis.

„So was Bescheuertes habe ich noch nie gehört", sagte Bebisch. „Ich kann doch Deutsch!"

„Ich Mathe auch." Bebisch überlegte.

„Man lernt nie aus", sagte endlich Lena.

„Allah", sagte zum dritten Mal Baba.

Mediha seufzte noch einmal. „Kinder, Kinder ..."

„Ihr beide ..." Baba zeigte auf Bebisch und Danis. „Ihr beide macht aber Josch und Lena klar, wie sie sich bei meiner Schwägerin verhalten sollen. Und vor Oma. Nicht dass wir in Franken wieder peinliche Sachen erleben müssen, wie damals mit Schnauze."

„Sollten Lena und ich bei dieser ganzen Planung nicht ein Wörtchen mitreden?", fragte ich.

„Ist doch schon alles geklärt, Josch", sagte Bebisch. Na, wenn die Frau weiter diese Autorität zeigte, konnte ich das Leben gemütlich angehen und sie machen lassen, oder? Lena lachte nur. Das Luder! Anscheinend hatte sie Lust, nach Franken zu fahren, sonst hätte sie uns allen hier schon längst den Kamm gestutzt. Ich hatte Null Bock drauf. Konnte mir ja ausmalen, was uns in Franken erwartete. Die brutale Oma! Zumal das Frankenwochenende nach dem Mittwoch kam, an dem Bebisch erwachsen werden würde. In der Zeit der

Versuchung also. Was hat Baba mit Schnauze gemeint?

Die Party leuchtete bis in den Himmel. Alle hockten
um ein großes Lagerfeuer. Bebisch ratschte mit Anne
und Dok. Später verzog sie sich mit ihren Eltern und
Danis zu irgendwelchen Verwandten. Ich holte aus
dem Fluss eine Schüssel Wasser. Damit ich beim Wie-
derbeleben von Anne keine kostbaren Sekunden verlieren würde. Sicher ist sicher. Ich stellte die Schüssel
neben Anne ab und sagte: „Bebisch ist meine Freundin.“

„Ich weiß, Jonas“, sagte Anne. „Wozu brauchst du
das Wasser?“

„Äääh ... wer hat's dir gesagt?“

„Keiner! Wenn du jeden Abend mit einer Knoblauchfahne zu Hause auftauchst, kann ich doch eins und
eins zusammenzählen.“

„Echt?“

Anne lachte laut. Zum zweiten Mal seit wir nach
Neuperlach gezogen sind. Das erste Mal war gar nicht
so lange her. Das brachte auch Dok zum Lachen.

„Blödsinn!“, sagte sie. „Ich sehe doch, wie du das
Mädchen anguckst. Da weiß jede Frau, was los ist.“
Huch! Dann konnte es auch Oma sehen, oder? Na ja,
sicher hatte sie wegen des Kopftuchs eine schlechtere
Sicht.

„Das stimmt“, sagte Dok. Dabei nagte er an seinem
gegrillten Lammkottelet und hielt es fest, damit es ihm
keiner wegnahm. Napoleon guckte ihn die ganze Zeit

voll angeekelt an: Fleisch? Knochen? Pfui! Mit vollem Mund redete Dok weiter: „Nur wir Männer sind so unsensibel. Frauen sind zu kompliziert. Uns Männer kann man mit einfachen Sachen glücklich machen ...“

„Mit Bier“, sprach Anne für ihn weiter, „Lammkottelets ...“

„Ayran“, sagte Baba, der bei unserem Familiengrüppchen mit einem Tablett Ayran aufgetaucht war. Er reichte Dok einen Becher.

Dok trank den Becher in einem Zug leer, schnalzte mit der Zunge und sagte: „Besser als Bier!“ Gleich hielt er aber Ausschau nach einem weiteren Stück Knochen mit etwas Fleisch dran. Napoleon guckte ihm bei seiner Fleischorgie jetzt nur noch gelangweilt zu und wartete auf den Nachtisch.

„Was ist eigentlich das türkische Nationalgetränk?“, fragte Dok Baba.

„Whiskey mit Cola“, sagte Baba.

„Na, das ist ein Nationalgetränk nach meinem Geschmack“, sagte Dok.

„Ich habe noch was davon im Auto“, sagte Baba. „Das brauch ich heute wie die Suppe das Salz.“ Kurz darauf tauchte er auch wieder mit einer großen Flasche Whiskey und mit einer noch größeren Plastikflasche Cola auf.

„Baba!“, sagte Mediha.

„Dok!“, sagte Anne.

„Hey! Frauen verstehen nichts davon, wie Völker sich nahekommen“, sagte Dok.

„Da hast du recht“, sagte Baba. „Außerdem müssen wir uns Mut für die Zukunft antrinken.“ Das war sicher nicht verkehrt. Auch bei mir schwitzte das Rückenmark aus der Wirbelsäule, wenn ich an das kommende Wochenende in Franken dachte.

Kuschelzeit

Am Mittwochvormittag kickte ich mit Schnauze und ein paar anderen Jungs auf dem Bolzplatz. Keine Schlägereien heute. Fast langweilig hier. Nach dem Spiel chillten Schnauze und ich auf dem Kiesberg hinter dem Bolzplatz und guckten uns von oben die Jogger an. „Ich fahre am Wochenende zu Bebischs Tante nach Franken", sagte ich.

„Ich war schon mal da", sagte Schnauze.

„Wie war's?"

„Super!", sagte er. Na ja, wenn er nicht mit der Sprache rausrücken wollte, sollte ich nicht weiter bohren. Trotzdem ging mir Babas Bemerkung über Schnauzes Besuch bei Bebischs Tante nicht aus dem Kopf: *„Nicht, dass wir da wieder peinliche Sachen erleben müssen, wie damals mit Schnauze."* Was hat mein Freund bei den Türken in Franken angestellt?

☪

Am Mittwochnachmittag war ich für das anstehende Kuscheln herausgeputzt wie Annes Salatschüssel. Heute war Bebisch endlich erwachsen. Na, dann! Vielleicht würde ich heute auch erwachsen werden. Schön in der Natur! Irgendwo auf einem Strohschober.

Doch an unserem Treffpunkt, vor der Eisdiele am Pfanzeltplatz, tauchte Bebisch mit Danis auf. Mit Danis wollte ich aber nicht kuscheln. Das würde zum Glück auch nicht passieren.

„Lena ist auch gleich da", sagte Danis, und schon kam der Bus mit Lena an. Danis lief ihr entgegen. Zu viele Leute, um Bebisch zu einer Kuschelwahnsinnstat zu überreden.

Ich beglückwünschte Bebisch noch einmal zu ihrem Sechzehnten, kam aber gleich zur Sache: „Du wolltest doch heute erwachsen werden." Wollte noch hinzufügen: „Hast du gleich die Trauzeugen mitgebracht, oder was?" Ließ es aber besser bleiben.

Wie oft bei solchen ernst gemeinten Statements kicherte Bebisch und streichelte mir über die Backe: „In Franken können wir in der Natur kuscheln", sagte sie.

„Mit Oma?" Das verschlug ihr doch die Sprache. „Sorry!", sagte ich. Langsam habe ich gelernt, dass beim Witzemachen hin und wieder einer zwangsläufig daneben gehen muss.

„Hi, Jonas!"

„Hi, Lena!"

„Was geht heute?", fragte ich.

„Wir müssen euch klar machen, wie ihr euch bei unserer Tante verhalten sollt", sagte Danis. „Und vor Oma. Sonst dürft ihr nicht mitkommen."

„Vielleicht sollten wir's lassen", sagte ich. „Es ist nur ein Wochenende. Wir sehen uns doch nächste Woche wieder."

„Willst du vor deiner letzten Prüfung kneifen?", fragte Bebisch und guckte mich streng an. Aha! Da war sie also, die allerletzte Prüfung! Im Hauptfach! Bebisch wollte wohl wissen, ob ich auf engstem Raum mit ihrer Familie klarkam. Ganz schön zukunftsorientiert, das Mädchen.

Danis runzelte die Stirn: „Welche Prüfung denn?"

„Ach, vergiss das!", sagte Bebisch. „Nur so eine Redewendung. Also ... unsere Oma ..."

„Kommt!", sagte ich. „Holen wir uns zuerst ein Eis. Um uns für Oma zu stärken."

Da kicherte Bebisch wieder, das Biest! Auch Lena schien plötzlich von der Aussicht auf die Oma so verstört zu sein, dass sie gleich drei Kugeln nahm: Ingwer mit Honig! Brrr!

Wir hockten uns auf eine Bank am Hachinger Bach. „Was hat Schnauze bei eurer Tante eigentlich angestellt?", fragte ich.

„Unserer Tante seinen nackten Arsch ins Gesicht gestreckt", sagte Danis.

„Waaas?"

„Schnauze sollte bei unserer Tante im Wohnzimmer auf dem Sofa schlafen. Wir haben noch Fernsehen geglotzt. Schnauze hockte schon auf seinem Sofa. Die Tante saß hinter ihm in ihrem Sessel. Der Idiot wollte pennen, also zog er die Decke über sich und versuchte auf dem Sofa sich unter der Decke die Jeans auszuziehen. Zog aber mit der Jeans auch seine Unterhose runter und streckte dabei unserer Tante seinen nackten

Arsch ins Gesicht. Sie hat fast einen Herzinfarkt gekriegt.“

„Sauber!“, sagte ich. Wenn schon Türken aus Überzeugung, wie Schnauze, in einer türkischen Familie so durchs Fettnäpfchen schlitterten, was sollte erst mir passieren?

„Seitdem darf uns Schnauze bei der Tante nicht mehr besuchen“, sagte Bebisch. „Auch wenn seine Großeltern in Franken im Nachbardorf wohnen.“

„Wie soll ich aber ins Badezimmer gehen?“, fragte Lena. „Auch angezogen?“

Bebisch verdrehte die Augen. „Du musst bei unserer Tante immer angezogen rumlaufen.“

„Aber im Badezimmer kann ich mich schon ausziehen?“ Ich wusste nicht, ob Lena das ernst meinte, oder ob sie tatsächlich so blöd geworden ist.

Doch Danis und Bebisch nahmen ihre Fragen ernst. „Wenn du dich im Badezimmer einschließt, darfst du dich ausziehen.“

„Manchmal fahren wir auch zum See“, sagte Bebisch. „Kein oben ohne also!“

„Ich auch?“, fragte ich.

„Du schon“, sagte Danis. „Aber immer in der Badehose bleiben. Wenn du dich umziehen willst, dann gehst du hinter die Büsche. Und allein. Nicht mir oder einem anderen Mann hinterher.“

„Wieso? Müssen sich Männer auch voreinander verstecken?“

„Wir ziehen uns nicht voreinander aus.“

„Und wie duschst du in deinem Fußballverein?“

„In meinen Boxershorts.“

„Krass!" Wir blödelten mit dem Anziehen und Umziehen noch ein bissl rum, bis Lena und mir klar wurde, dass das Wochenende ohne ein paar Peinlichkeiten wohl nicht ablaufen würde. Machten sich die Türken das Leben nicht irgendwie zu kompliziert?

Lenas drei Eiskugeln waren noch nicht alle, da standen Bebisch und Danis auf. „Wir müssen mit Anne und Oma zu *Ikea*!"

„Bis Freitag, Josch", sagte Bebisch. „Morgen geht's bei mir auch nicht."

Nix Kuscheln. Versprochen – gebrochen, dachte ich mir, ging nach Hause und machte bei Facebook aus Napoleon einen Killerhund.

Franken

Mit dieser Oma würde ich wohl nie warm werden. Vom Kopftuch bis zum Schuh in schwarz gekleidet, hockte sie auf dem Beifahrersitz neben Baba und schwieg. Kein einziges Mal drehte sie sich um. Ich saß mit Danis auf den zwei klappbaren Sitzen ganz hinten. Vor uns die drei Frauen: Mediha, Lena und Bebisch. Bebisch hatte den Kampf gegen die Oma bereits verloren und trug ein leichtes blaues Kopftuch, blaue Bluse mit langen Ärmeln und einen nur bis zu den Knien reichenden schwarzen Rock – echt nur bis zu den Knien, weil sie drunter sowieso eine blaue Hose trug. Zum Glück hat das schöne Blau den vielen Stoff an ihr in den Hintergrund gestellt. Bebischs blaues Wunder!

„Warum trägst du noch den Rock über der Hose?", flüsterte ich ihr von hinten ins Ohr.

„Nur in der Hose ohne Rock wäre ich zu nackig", sagte sie laut auf Deutsch und etwas unwirsch.

Mediha drehte sich zu mir um und schnitt eine Miene, die wohl ausdrücken sollte: „Ich kann nix dafür."

„Wir lernen jetzt Deutsch", sagte Lena laut.

„Waas?", fragte Bebisch.

Danis kicherte vor sich hin. Das Lachen würde ihm gleich vergehen. „Das passt gut", sagte ich. „Wir können auch lernen. Danis! Wo hast du deine Matheaufgaben?" Sofort hörte Danis mit dem Kichern auf. Mediha seufzte.

☪

In Franken gab es ein Plumpsklo. Echt! Das hatte ich bis jetzt nur im Film gesehen. Das Bauernhaus war alt und riesig, trotzdem hatte da wohl kein Klo reingepasst. Oder hatten die Leute früher auf dem Klo ihre Ruhe haben wollen und sich besser hinterm Haus auf den Holzdeckel gehockt? Na ja, ich weiß schon den Grund. So blöd bin ich gar nicht. Ich tat nur so. Weil mich das türkische Wochenende echt überforderte. Diese bescheuerte Oma! Warum sind nicht alle Leute so locker wie ... wie Dok? Hä? Was verzapfte ich da grade im Kopf? Sollte mir mein voll peinlicher Vater zum Vorbild werden?

Obwohl das Haus groß war wie eine Turnhalle, mussten wir nicht läuten. Noch bevor Baba im Hof anhielt, war aus der Tür eine Frau im geblümten Sommerkleid herausgelaufen, sie sah Mediha ähnlich, war aber jünger, hinter sich im Schlepptau ein sechsjähriges Mädchen. Das Mädchen in weißen Shorts und weißem T-Shirt ohne Ärmel.

„Anne!", kreischte die Frau, und warf sich Oma in die Arme. Das kleine Mädchen blieb stehen. Oma busselte die Frau ab, ging zu dem Mädchen und hob es hoch. Voll kräftig, die Oma. Schlecht für mich.

„Leyla!", rief sie. Erst jetzt habe ich gesehen, dass Oma lachen konnte. Ein bisschen jedenfalls.

Die Tante küsste alle der Reihe nach ab. „Willkommen", sagte sie zu Lena und mir. „Ich bin Saba." Jetzt waren wir schon mit der ganzen Familie per Du. Nur mit Oma nicht. Die konnte aber kein Deutsch und scheute jedes Gespräch mit uns. Auch diese Annahme stellte sich aber gleich als ein Irrtum heraus.

Das Zwitschern der Vögel. Das Rascheln der Baumkronen. Mücken groß wie aus *Die Reise zur geheimnisvollen Insel*. Geile Landidylle, oder?

Wir hockten uns um einen großen Tisch im Garten, ein paar Meter neben dem Plumpsklo. Eine feine Brise aus dem Klo erinnerte uns an die Vergänglichkeit der Dinge, wie Dok sagen würde. Neben dem Tisch lagen die zwei fetten Katzen von Tante Saba. „Miau!" Hmm ... ob die zwei schon ein Facebookprofil hatten? Wenn ja, könnte Napoleon ihnen bei Facebook die Freundschaft anbieten, oder? Quatsch! Napoleon würde sich nie mit Katzen anfreunden. Zum Glück war er nicht da, sonst würden die zwei Fettsäcke an diesem Wochenende arg abnehmen. Gleich nach der Jagd nach Kuchen, jagte Napoleon am liebsten Katzen.

Oma ging mit Saba, Mediha und Leyla ins Haus. Kurz darauf tauchte Mediha mit dem leckeren türkischen Caj auf. Sie hat angefangen, Baba etwas auf Türkisch zu erzählen, Baba winkte aber ab. „Sag's auf

Deutsch", sagte er. „Lena und Josch sollen's auch verstehen."

„Saba hat unsere Zimmer vorbereitet", sagte Mediha. „Oma will aber, dass die Frauen unten schlafen und die Jungs im ersten Stock."

„Ich auch?", fragte Baba.

„Nein! Du darfst unten bei mir schlafen!"

„Oh, Allah, ich danke dir!"

„Aber nur wenn du brav bist."

Baba hob die Rechte und freestylte etwas:

„Isch bin immer brav

For your love, Baby

In diesem Kaff!"

„Baba!", sagte Bebisch. „Du bist voll peinlich!"

„Echt?", fragte Baba und Danis nickte bestätigend. Ich dagegen fand Baba lustig. Wenn die Oma so lustig wäre wie Baba, könnte es ein gechilltes Wochenende in Franken werden. So aber freute ich mich drauf wie auf ein Begräbnis.

„Für euch ist es oben sowieso besser", sagte Mediha zu Danis und mir. „Ihr habt ein ganz großes Zimmer für euch. Und seid nicht so unter Omas Kontrolle." Oha! Was sollte Oma bei mir und Danis im Zimmer schon kontrollieren?

Mediha drehte sich zu den Mädels um. „Du, Sibel, teilst dir ein Zimmer mit Lena. Das zweite Zimmer haben Baba und ich, und im Schlafzimmer schlafen Oma, Saba und Leyla."

Baba zeigte zum Schornstein. „Oben unterm Dach gibt's doch noch das zweite Gästezimmer, oder?"

„Dort funktioniert das Schloss nicht richtig", sagte Mediha. „Wenn Omar nicht da ist, kann's keiner aufmachen. Wenn er aus der Türkei kommt, muss er das reparieren lassen. Das Zimmer ist schon für die Ferien an die Touristen vermietet."

„Omar ist unser Onkel", klärte Danis Lena und mich auf. „Sabas Mann. Er ist mit unseren zwei Cousins in die Türkei geflogen. Die sind schon siebzehn und achtzehn, arbeiten in Onkels Firma mit."

Baba guckte uns an und grinste: „Omar sucht in der Türkei nach einer Braut für die Jungs!"

„Scheiße!", sagte Danis.

Mediha drehte sich zum Haus um. „Sieht so aus als ob sich Lena und Josch jetzt auch mit meiner Anne unterhalten können."

Was hat sie damit gemeint? Wir drehten uns um. Vorm Haus stand ein generationenübergreifendes Duo. Die kleine Leyla trug jetzt ein Kleid bis zu den Knöcheln und ein schickes graues Kopftuch, darunter schimmerte an ihrer Stirn ein weißer Streifen. Hey! Trug sie zwei Kopftücher? Sie hielt Oma an der Hand. Oma sagte etwas auf Türkisch und aus dem Mund von Leyla kam auf Deutsch: „Ihr dürft jetzt in eure Zimmer gehen."

Ab sofort mussten wir aufpassen, was wir auf Deutsch sagten. Oma hielt ihren Google-Übersetzer die ganze Zeit an der Hand. Nur war Leyla besser als Google. Hinter ihnen tauchte Saba auf. Auch sie schon umgezogen. Das leichte Blumenkleid hatte sich in ein strenges graues Kostüm mit einem langen Rock gewandelt. Und das in dieser Hitze! Oma brachte alle Frauen zum Schwitzen. Unglaublich, oder?

☪

Gar nicht so übel das Zimmer. Danis packte aus seinem großen Rucksack alle möglichen Fußballtrophäen heraus: Medaillen, Pokale ...

„Alter! Nimmst du die Sachen überall hin mit?“

„Für uns Türken ist Fußball heilig“, sagte er. Hmm ... das schien mir eine gute Volkseigenschaft zu sein.

„Ein krass großes Haus“, sagte ich.

„War früher ein Bauernhof. Mein Onkel importiert aus der Türkei türkische Nahrungsmittel und hat ein großes Lager gebraucht.“

„Er verdient wohl gut, wenn er sich so ein großes Ding leisten kann.“

„Die Miete ist kleiner als für unsere Wohnung in München“, sagte Danis. „Hier in der Pampa will doch keiner wohnen. Keine U-Bahn, kein Klo im Haus, nur im Garten.“

„Hab's schon gerochen“, sagte ich.

Danis lachte. „Geil, oder?“

„Warum lässt dein Onkel aber kein g'scheites Klo drinnen bauen?“

„In den Sommerferien vermietet die Tante unser Zimmer und das Gästezimmer oben an Touristen. Und die kommen nur wegen dem Plumpsklo. So was hat heutzutage kein Hotel mehr.“

„Stimmt.“ Ich holte mein Notebook aus dem Rucksack. „Gibt's hier WLAN?“

„Klar!“

„Kann ich das Notebook da einfach liegen lassen?“

„Wir schließen das Zimmer besser ab“, sagte Danis. „Wegen der Touristen hat meine Tante zwei Schlüssel. Unter der Woche ist hier ziemlich viel Verkehr. Türken aus ganz Bayern holen Onkels Ware ab. Das Büro ist im Erdgeschoß und die Haustür immer auf. Auch am Wochenende passt sie nicht auf und lässt die Haustür offen. Manchmal holen die Leute ihre Ware auch am Wochenende. Hier kann jeder Ausflügler reinkommen."

„Es gibt Kuchen!", brüllte von unten Bebisch. Wir liefen in den Garten. Alle hockten schon um den großen Tisch. Nur Oma und Leyla fehlten. Statt ihnen bereitete sich ein Schwarm Wespen auf die bevorstehende Zuckerschlacht vor. Aber auch von uns kriegte jeder ein Stück von einer türkischen Leckerei, für die Napoleon morden würde. Nicht mal purer Zucker war so süß. Alter! Nach diesem Leckerli bekam ich sicher die Zuckerkrankheit.

Endlich tauchte auch Oma Generalli auf. Würdevoll schritt sie an uns vorbei zum Plumpsklo, das ein paar Meter hinter uns stand. Obwohl ein Plumps von Oma sie etwas harmloser machen würde, wusste ich nicht so recht, ob ich mich drauf freute. Leyla hing weiter an ihr wie eine Klette. Zum Glück blieb Leyla vor der Klotür stehen und musste nicht mit rein. Wenn du auf dem Klo hockst, brauchst du halt keinen Übersetzer. Das ist wohl überall so.

Kurz darauf trottete Oma aber aus dem Häuschen wieder heraus und brüllte etwas auf Türkisch zu uns. Diesen Satz übersetzte Leyla nicht, doch auch ich verstand ihn: Alle standen auf und räumten die Sachen vom Tisch. Aha! Wir mussten den Tisch weiter vom Plumpsklo tragen. Auch Leyla wurde von Oma davon gescheucht. Oma musste sich wohl auf eine ganz große Tat auf dem Plumpsklo vorbereiten!

Wir stellten den Tisch auf die andere Gartenseite. Oma mochte ein ganz anderes Weltbild als Dok haben. Eins war mir ab jetzt aber vollkommen klar: Kacken ist international. Und wohl überall auf der Welt erlaubt.

Und schon startete Oma auf dem Plumpsklo Ekschn. Unüberhörbar auch hier auf der anderen Seite des Gartens. Wohl hatte das fremde Land Deutschland der Oma etwas auf den Darm geschlagen. Ins Detail gehe ich besser nicht.

Nach der Zuckerorgie kickten Danis und ich im Garten. Bebisch und Lena gingen in die Natur „lernen". Von wegen lernen!

„Die Mädels hocken sicher unten am See und lassen sich's gut gehen", sagte Danis.

„See? Alter! Hier gibt's einen See?"

„Ja!"

„Sollen wir dann nicht besser auch zum See gehen? In dieser Hitze könnte uns etwas Wasser nicht schaden."

„Probieren wir's halt", sagte Danis etwas rätselhaft und rief zum Gartentisch, an dem jetzt auch Oma hockte. „Wir gehen zum See!"

Keiner dort rührte sich. Alle waren in ein Gespräch vertieft. „Mama und Tante erzählen Oma, wie's uns in Deutschland geht", sagte Danis. „Wir waren seit drei Jahren nicht in der Türkei, nur Mama war jetzt kurz dort, um Oma zu holen." Er rief noch mal.

Die kleine Leyla kreischte zurück: „Bleibt im Garten!"

Ja, gab's so was? Dok und Anne hatten mir nie verboten, zum See zu gehen, und hier hab ich mich gleich versklaven lassen. Was tat man nicht alles für die

Liebe? Wollte Oma uns vom See fernhalten, damit wir nicht ertranken? Oder wegen der Mädchen?

„Nicht traurig sein, Mann", sagte Danis. „Morgen gehen wir sowieso alle zum See."

„Oma auch?"

„Klar!"

„Super!", sagte ich. War echt neugierig, wie sich Oma an einem deutschen Badestrand schlagen würde.

☾

Am Abend flüsterte Bebisch mir ins Ohr: „Nur Geduld! Wir finden schon Zeit für uns." Das war aber auch alles, was ich von Bebisch exklusiv nur für mich bekam. Besser schlüpfte ich gleich nach dem Abendessen ins Bett. Zum Glück gab's im Haus eine Dusche. Eine kleine, aber immerhin.

Im Bett las ich *Die Leiden des jungen Werther* ... ach, Quatsch! Im Bett las ich ein Buch, das mir Dok schon zu Weihnachten geschenkt hatte: *Doktorspiele* hieß das Machwerk und passte gar nicht zu dem Weekend mit Oma. Diesen Autor würde Oma wohl kastrieren lassen. Der hatte überhaupt keine Hemmungen. Ein Tscheche halt.

Bald hockte sich ein schwerer schwarzer Vogel sich auf meine Augenlider. Zur Sicherheit steckte ich das Buch in den Rucksack zurück, damit sich Oma den Titel von Leyla nicht übersetzen lassen konnte, machte die Augen zu und stellte mir schöne Sachen vor: Dass ich Bebisch in den Armen hielt zum Beispiel. Zusammen schliefen wir ein.

Klar vertrieben gleich vampirische Mutanten Bebisch aus meinen Armen und verfolgten mich über die Dächer, um mir Blut auszusaugen. Ich rettete mich mit einem Sprung in die Mülltonne. Am Ende schlachteten sich die Viecher gegenseitig ab. Seit ich vor zwei Jahren einen Zombiefilm gesehen hatte, sind meine Träume voll lustig. Nie mehr langweilig wie früher, als ich nur von Enten und den nackten Wasserfrauen im Deininger Weiher geträumt hatte.

Immer wenn ich jetzt Horrorfilme gucke oder Ego Shooter zocke, jagen mich Arschlöcher durch meine Träume, foltern mich, bringen mich um, doch unverletzt wache ich in der Früh auf. Wieso hatte ich heute so wild geträumt? Hatte doch gestern keinen Horrorfilm gesehen und nichts Brutales gezockt! Nur Bebischs Oma getroffen.

FKK

Den Samstagmorgen reichte mir die Sonne durch das geöffnete Fenster auf einem Suppenteller. Nur tief schöpfen! Danis schlief noch. Ich lief nach unten. Das Frühstück gab sich heimelig, nahezu oberhachingmäßig: Toast, Butter, türkische Erdbeermarmelade. Was hatte Dok gesagt? „Alle Menschen sind gleich"?

Das hoffte ich jetzt auch von den Erdbeeren sagen zu können. Alle Erdbeeren sind gleich. Und es stimmte! Sogar Erdbeermarmeladen schmecken einigermaßen gleich. Während ich von der Marmelade schlemmte und hin und wieder Bebischs Erdbeermund anstarrte, checkte Oma den Toaster ab. Seine Metalloberfläche zog sie magisch an, der Toaster strahlte in der Sonne wie der kücheneigene Mond. Obwohl das Ding Oma brennend interessierte, traute sie sich nicht einen Toast reinzuwerfen. So viel High-Tech habt ihr in Anatolien nicht, was? Ich tat für Oma einen Toast rein. Dann grübelte ich eine halbe Stunde lang, ob Oma mich dafür angelächelt hatte. Eher nicht.

Trotzdem: Je mehr Leute in die Küche kamen, je mehr Toastscheiben sie aus dem Toaster herausspringen ließen, umso mehr freute sich Oma. Die herauf hüpfenden Toasts wurden ein echtes Hobby von ihr, sie hockte am Toaster und zwang uns, ständig neue Toastscheiben reinzuwerfen und zu essen. Toasts ohne Ende ... Der Toaster schien Oma mehr zu erfreuen als alles andere. Am Ende des Frühstücks lächelte sie. Fast!

☪

Nicht nur der Toaster, auch der See sah schnucklig aus. Eine Fantasy-Landschaft mit Wasser, Bäumen, Büschen und Vampir-Mücken. Wegen der Stechviecher beneidete ich Oma um ihre Vollverhüllung. Praktisch!

Um zehn Uhr am Vormittag lagen nur wenige Leute auf der Wiese. Lena war nach Erlangen gefahren, eine Freundin besuchen. Mediha und Saba waren nicht mitgekommen – sie bereiteten im Haus das Essen vor. Klar hatte Oma die vollständige Kontrolle über die Badeordnung übernommen: Danis musste in einer langen Schwimmhose und einem ärmellosen T-Shirt ins Wasser, Bebisch und die kleine Leyla in ihren Kleidern.

Plötzlich war's mir peinlich, mich hier in meiner Badehose zu präsentieren, obwohl sie mir bis zu den Knien reichte. „Kommst du ins Wasser?", fragte Danis.

„Nööö", sagte ich. „Mir ist zu kalt." Ich blieb draußen und ließ mir von der Hitze den Schweiß aus allen Poren treiben. Durchhalten, Mann! Wenn Oma es in ihren schwarzen Klamotten und dem dicken Kopftuch aushielt, sollte ich das doch auch schaffen. Zum Glück zog Oma sich aus … ach, Quatsch. Noch mal: Zum Glück zog Oma uns in den Schatten unter den Bäumen am Waldrand.

Hightech rettete mich in der Not: Eine Stunde lang spielte ich Schach an meinem iPhone. Mit Bebisch wollte ich nicht viel reden. Sonst würde Oma uns entlarven und unsere grade anlaufende Beziehungskiste zu etwas Tragischem machen. So Romeo-und-Julia-mäßig.

Aber oha! War ich doch ungerecht zu Oma gewesen? Bebisch fragte sie plötzlich etwas auf Türkisch, und Oma erlaubte ihr, mit mir Federball zu spielen. Nur beobachtete Oma mich die ganze Zeit, damit ich mit ihrer Enkelin den Federball züchtig durch die Lüfte fliegen ließ.

Plötzlich aber! Ein Wunder geschah! Oma stand auf und watschelte in den Wald. Hey, Mann! Die würde ziemlich viel Zeit brauchen, um eine ruhige Stelle zum Pieseln zu finden. Vielleicht war's aber ganz anders: Vielleicht wollte Oma gar nicht pieseln. Vielleicht lief sie jetzt tief in den Wald, zog sich dort aus, und wälzte sich nackig im mit Tau bedeckten Moos. Damit sie vor uns dann bei dieser Hitze weiter die Verhüllte spielen konnte. Mir egal! Aus Protest zog ich mir jetzt ganz unsittlich die Chucks aus und ließ meine nackten Füße durchs seichte Wasser gleiten. Nach der Erfrischung aber nichts wie hin zu Bebisch.

Wir hockten auf unseren Isomatten. Danis spielte schon im Wasser mit Leyla. Baba schwamm weit in den See hinein. Das GESPRÄCH stand an:

„Eine harte Prüfung!", sagte ich.

Bebisch packte mich am Fuß, guckte zum Wald, damit wir von Oma nicht überrascht wurden, und streifte mir mit den Fingern über die Fußsohle. Das hat gekitzelt wie Sau, doch ich wollte mir nichts anmerken lassen. Sonst würde sie damit aufhören und das wäre noch schlimmer, als gekitzelt zu werden, oder? Die erste lange Berührung von ihr. Nach sechs Jahren Pause.

Huhu! Noch nie wurde ich so durchgekitzelt wie jetzt! Normalerweise würde ich bei einer solchen Kille-Kille-Attacke vor lauter Krampf in die Sonnencremetube kriechen, blieb aber weiter standhaft. Obwohl ich schreien und kreischen und mich in den Boden reinbuddeln wollte wie ein Maulwurf.

Sie checkte gar nichts und streichelte mich weiter an der Fußsohle. „Du hast schon alle Prüfungen bestanden", sagte sie. Das war eine super Nachricht. Doch wenn sie mit mir weiter Kille-Kille machte, würde ich hier noch die Isomatten vollpieseln.

„Warum bist du so unruhig?", fragte sie mich. Jesses! Was fragte sie da? Warum war ich so unruhig? Zum Glück hörte sie mit dem Kitzeln der Fußsohle auf und packte mich am großen Zeh. Auch nicht schlecht!

„Am Nachmittag fahren wir alle nach Nürnberg", sagte sie. „Babas Tante besuchen. Du kannst dir doch das Fahrrad von meinem Cousin ausleihen. Gleich wenn wir vom See zurückkommen. Und sagen, dass du Schnauze besuchst. Seine Oma wohnt hinterm Wald."

„Ich weiß gar nicht, ob Schnauze in Franken ist."

„Schnauze ist jedes Wochenende bei seiner Oma. Und ...“

„Was?“

„An diesem Wochenende ist Selma mit ihm da“, fügte Bebisch hinzu.

„Echt? Selmas Eltern haben ihr erlaubt, mit Schnauze ein Wochenende zu verbringen?“

Bebisch schüttelte den Kopf: „Nö! Sie denken, Selma ist mit uns bei Saba.“

„Das sollten wir auch machen.“

„Was sollten wir machen?“

„Na, du sagst deinen Eltern und deiner Oma, dass du bei Selma bist. Ich sage, Danis ist ein Mathegenie, er weiß schon alles und braucht mich nicht mehr. Und dann fahren wir beide mit der Bahn zusammen nach München und du schläfst bei mir.“

„Das würden deine Eltern erlauben?“

„Ja! Die schlafen doch auch zusammen.“

Sie kicherte. „Sagst du also meinen Eltern, dass du Schnauze besuchen fährst?“

„Klar!“, sagte ich, „eine super Idee.“ Das meinte ich auch so. Nach diesem ganzen Oma-Stress ein paar hübsche Stunden mit Schnauze und Selma zu verbringen, wäre doch übelst fein. Zu Babas Tante wollte ich echt nicht. „Okay. Dann fahre ich zu Schnauze.“

„Spinnst du?“, sagte Bebisch. „Das soll nur eine Ausrede sein, dass du Schnauze besuchst. Du radelst nur ein Stück weiter. Um zwei kannst du zurückkommen.“

„Wieso?“

„Weil ich bei der Tante auf dich warte.“

„Allein?“

„Nein! … mit Oma!“ Tja. Die Enttäuschung fraß mir Löcher ins Hirn. Emmentalerhirn.

„Logisch allein!“, sagte Bebisch. „Warum sonst sollte ich hier solche Pläne schmieden? Schon vor dem Mittagessen sage ich, dass es mir nicht gut geht. Das glaubt mir jeder. Ich esse doch sonst so gern. Wenn alle weg sind, kommst du ins Haus.“

„Ich liebe dich!“, sagte ich.

„Das sagen Jungs so“, sagte sie. „Ihr seid sehr schnell mit dem Satz, ‚ich liebe dich‘. Dann seid ihr aber auch sehr schnell weg.“

„Ich nicht!“

„Und wer hat mich dann damals mit zehn sitzen lassen?“

„Jetzt hör auf damit!“

Plötzlich wechselte sie das Thema: „Warum gehst du nicht baden?“

„Ich will mich vor Oma nicht in meiner Badehose präsentieren. Hab sonst nichts zum Umziehen.“

„Das beeindruckt mich, wenn du für die Liebe leidest“, sagte sie und ließ meinen großen Zeh los – Oma kam aus dem Wald geschossen wie eine Bombe. Wahrscheinlich hatte sie gesehen, wie wir zwei allein auf der Wiese saßen und zusammen lachten und wollte weitere solche unsittlichen Handlungen verhindern.

„Trotzdem solltest du in Bewegung bleiben“, rief Bebisch, lief zum Wasser und legte trotz Kleider ein Kraul hin, als ob sie in ihrem frühen Leben ein Delfin gewesen wäre. Oh, diese krasse Sportlerin aus dem Morgenland. In Bewegung bleiben? Ohne ’ne kleine Pause? Das Mädchen machte mich wahnsinnig!

„Alles klar?", fragte ich Oma, als sie anwackelte, aber sie warf mir nur einen säbelscharfen Blick zu. Besser kommunizierte ich wieder mit meinem iPhone.

☪

Die Sonne kletterte die Himmelskuppel ganz hinauf und hisste in den Gipfeln ihre Flagge. Die Hitze schien die Oma aber nicht die Bohne zu interessieren. Sie konzentrierte sich voll auf mich. Meine Haut brannte unter ihren Blicken. Oder war's Sonnenbrand? Nein! Das waren die bösen Blicke der Hard-Core-Oma.

Vielleicht fing sie langsam an zu überlegen, ob ich tatsächlich der Mathe-Nachhilfelehrer von Danis war oder doch ein fieser Schurke. Auf welche Art von Kurvendiskussion hat es dieser deutsche Bursche abgesehen?

Zum Glück wurde sie abgelenkt. Ein noch größerer Bösewicht als ich tauchte auf unserer Wiese auf: Ein Althippie in Shorts und einem Hemd aus Naturwolle, das er aber leider nicht lange trug. Er zog sich blitzschnell aus und stand vor Oma nur in der Sonnenbrille da. Ansonsten nackt. Nicht mal Haare auf der Brust trug er. Was ich bei Dok an der Isar befürchtet hatte, trat jetzt mit der Wucht einer Atombombe ein.

Der Sonnenanbeter stemmte die Hände in die Seiten, stellte sich breitbeinig hin und fing an, seine Hüften zu kreisen. Wollte hier wohl etwas Gymnastik machen, bevor er ins Wasser gehen würde. Beim Hüftkreisen pendelte seine Gurke zwischen seinem linken und rechten Bein wie das Pendel an der uralten Schrankuhr meines Opas in Oberhaching. Doch unserer türkischen Oma musste sein Ding wie das Pendel des Todes vorkommen.

Schockiert schaute Oma schnell zum Wasser. Schon kraulte Bebisch zurück, und auch Danis und Leyla schickten sich an, aus dem Wasser zu steigen. Keine Frage, da musste Oma handeln, ihr blieb nichts anderes übrig. Die geistige Gesundheit ihrer Enkelinnen war ernsthaft bedroht.

Verbal ging bei Oma gar nichts, wenn ihre Übersetzerin Leyla im Wasser war, also packte Oma das nasse Handtuch von Danis, schwenkte es in der Hand wie eine Keule und stürzte sich auf den Nackten.

Der starrte sie zunächst nur an, wie sie auf ihn mit dem nassen Handtuch in der Hand zulief und wie ein Tiger brüllte, aber plötzlich weiteten sich seine Augen vor Angst, er packte sein Kleiderbündel und rannte davon. Zu spät! Oma war bereits bei ihm angelangt und briet ihm mit dem nassen Handtuch eine rote Wurst auf den Rücken. Sicher lief die Wurst Sekunden später blau an, doch das konnte ich nicht mehr sehen. Inzwischen hatte der nackte Hippie eine weite Strecke hinter sich gebracht und Oma abgehängt. Junge, Junge! Weltrekord.

Etwas außer Atem kam Oma zurück. Boah! Aber leichtfüßig wie ein Reh, die Alte. Eine vermummte alte Amazone, die einen irren Sprint hingelegt hatte. Hmm … Wie streng sie mich wieder anblickte! Als ob sie sagen wollte: „Du pass bloß auf, dass du meinem Mädchen nicht zu nahekommst."

Jetzt ging sie schweren Schrittes am Waldrand entlang und suchte nach einem günstigen Ast. Dort hängte sie das nasse Handtuch von Danis hin. Während ich an die Zukunft dachte. Der Hippie hatte einen fetten Bluterguss abbekommen, nur weil er sich hier nackt ausgezogen hatte. Was würde Oma aber mit mir anstellen, wenn sie mich nackt bei Bebisch erwischte?

Inzwischen war Bebisch zurückgekommen und hockte sich auf ihre Isomatte. Hmm ... so mit Wasser etwas durchsichtig gemacht, standen ihr die Kleider super. Hoffentlich würde Oma sie nicht in eine Decke wickeln.

„Was war da los?", fragte sie.

Ich guckte zum Wald. Das Handtuch war wieder zum Boden gesegelt. Oma versuchte, es erneut aufzuhängen. „Äh, ein California Dream Boy!"

„War der echt nackt? Ich konnte es vom Wasser aus nicht gut sehen."

„Sei froh!", sagte ich. „Es gibt schönere Gurken."

Bebisch lachte, guckte zum Wald und gab mir einen Klapps. „Siehst du?", sagte sie. „Oma muss uns immer beschützen. Wenn sie hier allein wäre, hätte sie nichts gemacht, aber so musste sie den Spanner vertreiben."

„Das war kein Spanner", sagte ich. „Das war ein Mann, der die Sonne liebt!"

„Ah geh", sagte Bebisch. „Keiner liebt die Sonne so, um sich vor fremden Leuten nackt auszuziehen." Tja! Wenn die mal mit Dok in einer Wohnung leben würde, müsste sie ihr Weltbild grundlegend ändern. Schlitterten wir auf ein unüberwindliches kulturelles Missverständnis zu?

FKK, Teil 2

Am Samstag vor dem Mittagessen lieh ich mir das Fahrrad aus. Noch bevor Bebisch den kranken Magen zu simulieren angefangen hatte. Eine gute Maschine. Das Fahrrad surfte auf dem Asphalt wie auf einer hübschen Welle. Doch die Sonne und Bebischs Pläne trieben mich in den Wald: Ruhe im Moos. Vor dem Sturm!

Punkt 14 Uhr sah ich aus dem Busch, wie Babas Auto wegfuhr. Super! Kurz darauf winkte Bebisch mir aus dem unbezäunten Apfelbaumgarten zu. Nichts wie hin, Casanova! Die Party nahte, bei der auch Bebisch und ich uns krass nah kommen würden. Sicher wollte sie kuscheln! Was sonst? Noch nie hatte ich mich so aufs Kuscheln gefreut wie jetzt. Zuletzt hatte ich in der Grundschule gekuschelt. Mit meinen Eltern.

Gleich im Flur küsste sie mich. „Du hast alle Prüfungen bestanden", flüsterte sie. Ich war glücklich.

„Bis auf die letzte", fügte sie hinzu, weiter flüsternd. Ich war weniger glücklich. Warum sie flüsterte, wenn bis auf die zwei fetten Katzen keiner zu Hause war, wusste ich nicht. Petzten die Katzen? Zur Sicherheit flüsterte ich auch. Wenn nicht die letzte Prüfung anstehen würde, wäre ich voll gechillt. Was sollte ich tun, verdammt? Für sie einen Stern runterholen? Alles war möglich. Ich fühlte mich wie Tarzan. Könnte einen Löwen zerreißen.

„Gib mir die Hand!" Sie schleppte mich zur Holztreppe. Wir liefen im 1. Stock am Zimmer von Danis und mir vorbei. Bebisch zog mich weiter, die Treppe hoch, bis auf den Dachboden: Ein großes Zimmer, voller Krempel. Direkt gegenüber der Treppe lachte uns eine Tür an.

„Das Gästezimmer", sagte Bebisch. „Sollte jemand unten die Haustür aufmachen, haben wir Zeit genug, uns zu verdrücken. Oma darf uns nicht zusammen erwischen."

„Hat deine Mutter nicht gesagt, dass das Schloss spinnt? Dass man's nicht aufmachen kann?"

„Das ist deine letzte Prüfung!", sagte sie. „Mach die Tür auf! Zeig, dass du ein Mann bist!" Dabei bekam sie trotz flüstern einen Lachanfall und kreischte plötzlich vor Lachen, sodass die Wände tobten.

Ich schob sie beiseite. „Ja! Jetzt zeige ich dir, wie ein richtiger Mann ein Schloss knackt!"

„Du entwickelst dich langsam zu einem echten Türken", sagte Bebisch.

Nur die Klinke nach unten drücken und dann zu mir ziehen, brachte nichts. Klar kann sich ein Mann viele andere Drücktechniken einfallen lassen, um eine blöde Tür zu öffnen. Schon die dritte klappte: Die Tür fest gegen den Türrahmen pressen, dann die Klinke nach unten drücken und wieder zu sich ziehen, mit einem kleinen Schwenker nach oben, etwa in der Mitte des Zugs. Die Tür sprang auf. Wenn's ums Kuscheln geht, ist der Mann voll kreativ.

Bebisch glotzte nicht schlecht, als ich das Kunststück vollbrachte. „Du Genie, du!", sagte sie. „Jetzt wollen wir zusammen dein Zeugnis abholen!" Sie wollte hineinschlüpfen. Mein Herz hüpfte zwischen meinem Brustkorb und meinem Unterleib wie ein YoYo: Was würde gleich abgehen zwischen uns? Trotzdem blieb ich äußerlich cool.

„Warte", sagte ich und machte die Tür wieder zu.

Bebisch riss die Augen auf. „Was machst du? Jetzt geht die Tür nicht mehr auf, Mensch!"

„Dann müssen wir uns eine andere Technik überlegen", sagte ich. „Die immer funktioniert. Damit wir drin nicht eingesperrt bleiben."

Sie nickte anerkennend mit dem Kopf. „Nicht schlecht!", sagte sie. Doch die Sorge war unbegründet: Meine Sesam-öffne-dich-Technik funktionierte immer noch. Wir schlüpften hinein.

Ein Bett wie ein Flugplatz. Wir schlüpften in die Rakete und schossen ins Paradies: Ruckzuck waren wir nackt. Na ja, ganz ruckzuck war's nicht, es hat schon drei Stunden gedauert, bis ich Bebisch die Socken ausziehen durfte. Bis dahin haben wir uns aber auch nicht gelangweilt, so war die Zeit blitzschnell vergangen. Zuerst wollte Bebisch sich gar nicht ausziehen. „Wir können auch angezogen kuscheln", hatte sie gesagt.

„Ich mag dich leicht und luftig", sagte ich und streichelte und küsste sie in den Wahnsinn. Bis sie nicht mehr widerstehen konnte, bis sie heiß wie eine Supernova wurde – ein Stern im Vollrausch: Nur noch explodieren! Endlich! Das Kopftuch war runter! Ach, Quatsch! Das Kopftuch hatte sie gar nicht an. Weil Oma weg war. Den BH aber schon. Nach meinem neunundneunzigsten Anlauf seufzte sie und sagte. „Na gut!" Blitzschnell knöpfte ich den BH auf. Bevor sie sich's anders überlegen würde.

Bebisch kicherte wieder mal. „Du kannst aber super gut verschlossene Dinge aufmachen, gell?" Darauf sagte ich nichts. Konnte sowieso nicht mehr reden. Musste mich voll konzentrieren. Was ich da alles in meinen Händen fühlte. „Aber nur kuscheln!", sagte sie. „Bitte nicht … du weißt schon. Damit möchte ich noch etwas warten. Wir … wir kennen uns noch nicht so lange."

„Acht Jahre!", rief ich und machte mich an ihrer Hose zu schaffen.

Sie zog mir meine Boxershorts aus. „Aber hallooo", sagte sie, ich ließ mich davon aber nicht verunsichern. Mein Hirn wie leergesaugt. Alles Blut weg. Ich war nackt und bereit, meine Jungfräulichkeit auf dem Altar der Liebe zu opfern.

Und plötzlich BUMM von unten. Riesenradau! Scheiße! Ist ihre Familie doch früher zurückgekommen? Angst pumpte mein Blut wieder hoch.

Klar könnte ich jetzt erzählen, dass wir die Gästezimmertür nicht mehr von innen aufmachen konnten und Oma uns beide nackig im Gästezimmer erwischte. Doch das wäre nicht die Wahrheit. In Wirklichkeit war's anders – noch blöder. Wie? Das kommt gleich.

„Sicher die Katzen", sagte Bebisch.

Nackt hüpfte ich aus dem Bett. „Ich gucke schnell nach. Zur Sicherheit.“

„Mach die Tür nicht wieder zu!“, rief Bebisch als ich hinaustrat und die Gästezimmertür hinter mir zuschlagen wollte.

„Keine Angst“, sagte ich. „Die Technik hab ich jetzt drauf.“ Ich machte die Tür zu und wieder auf. „Siehst du?“

Noch mal schloss ich die Tür und schlich mich vorsichtig nach unten. Glück! Glück! Doch die Katzen. Miezi hatte unten einen Eimer umgeschmissen. Falscher Alarm! Weiter kuscheln! Ich stürmte die Treppe wieder hoch und klopfte an die Tür. Du musst immer anklopfen, wenn sich im Zimmer eine nackte Dame befindet. „Ich bin’s!“, rief ich. „Alles in Ordnung!“

„Komm rein!“, rief Bebisch. Unter der Tür war ein etwa drei Zentimeter breiter Spalt, wir konnten uns gut hören. Ich drückte die Klinke nach unten. Vielleicht konnte ich für die Tante eine Einleitung schreiben, wie sie die Tür auch ohne ihren Mann aufmachen konnte. Kurz kicherte ich, doch nur sehr kurz – die Scheißtür ging nicht auf. Echt jetzt!

„Komm schon!“, rief Bebisch.

Ich probierte es noch mal, zweimal, dreimal. „Es geht nicht!“

„Du genialer Techniker du! Ich ziehe mich besser wieder an.“

„Nein!!!“, brüllte ich. Das gab’s doch nicht! So kurz vor dem Ziel und eine voll blöde, bescheuerte, beschissene, verfluchte und zugenähte Tür trickste mich aus. Ziemlich fies, oder? Ich probierte mit der Klinke einen Trick nach dem anderen, Bebisch stand jetzt schon angezogen hinter der Tür und feuerte mich an: „Das schaffst du schon!“ Doch nichts half. Die Tür ging nicht auf.

„Soll ich sie eintreten?“, brüllte ich. „Grhrhrh!“ Vielleicht würde die Tür von selbst aufspringen, wenn ich ihr Angst machte.

„Nein! Das könnten wir keinem erklären.“

„Kannst du meine Kleider durch die Spalte unter der Tür schieben? Wenn die jetzt kommen und mich hier nackt erwischen … wir haben hier an der Tür schon sicher eine Stunde vertrödelt.“

Bebisch schob meine Socken durch die Spalte. „Mehr geht nicht!“

„Gut! Zumindest bin ich nicht ganz nackt.“ Ich zog mir die Socken an, gleich fühlte ich mich besser.

„Was machen wir jetzt?“

„Ich hab gedacht, du kannst jedes Schloss knacken.“

„Von 100 Schlössern knacke ich 99! Blöderweise ist das das Hundertste.“

„Ich versuche aus dem Fenster auf den Balkon im ersten Stock zu kommen“, sagte Bebisch.

„Tu’s nicht, Bebisch! Dabei kannst du dir den Hals brechen.“

„Ich doch nicht!“, sagte sie. „In Bewegung bleiben, ja! Ich bringe dir deine Kleider, und du kannst inzwischen weiter probieren, die Tür aufzumachen.“ Bebisch verschwand von der Tür. Oh, Gott! Mach, dass sie den Sprung überleben würde! Und wenn sie doch stürzte?

Plötzlich sah ich vor mir, wie Bebisch unten leblos in einer Blutlache lag. Nein! Ich musste sie retten! Sie auffangen! Nackt wie ich war, jagte ich die Treppe runter. Im 1. Stock schoss mir ein Gedanke durch den Kopf: Vielleicht sollte ich mir doch in unserem Zimmer etwas zum Anziehen holen, wenigstens eine Boxershorts. Ich jagte weiter. Jede Verzögerung konnte Bebischs Tod bedeuten.

Schon wollte ich auf der Treppe ins Erdgeschoß rasen, da ging die Haustür auf. Bebisch? So schnell? Scheißeee! Lena! Egal! Lena durfte mich nackt sehen. Ich musste Bebisch retten. Nackt jagte ich Lena entgegen. „Lass mich ran!", rief ich. „Neee … eeeh … lass mich durch!"

Geschockt blieb sie vor der Tür stehen und starrte mich an! Ha! Eine krasse Überraschung, was? Dein Ex-Mitschüler Jonas machte auf Stripper im Haus einer muslimischen Familie. Heftig, oder?

Ich machte die Tür auf, nur einen Spalt breit, um zuerst herauszulugen, ob die Luft draußen rein war. Zum Glück stand der Bauernhof in einer Einöde. Trotzdem waren hier lauter Leute. Babas Auto fuhr gerade mit der ganzen Besatzung in den Hof rein: Baba, Mediha, Saba, Danis und Oma! Fuck! Fast wäre ich ihnen aus dem Haus nackt entgegengerannt. Wie ein California Dream Boy!

Der erste vernünftige Gedanke seit dem Anfang meiner Kurzschlussreaktion überkam mich: Bebisch konnte nichts passieren! Bebisch war Akrobatin. Als Kind war sie von der Baumkrone eines Kirschenbaums zum anderen gesprungen. Jetzt war ich in Gefahr! Nicht meine Schöne! Die Autotüren gingen auf. Aber halli, hallo, Omi! Ich rannte wieder nach oben. An Lena vorbei. Zuerst musste ich mir in unserem

Zimmer etwas zum Anziehen holen. Lena starrte mich weiter sprachlos an.

Erst an der Tür unseres Zimmers ist mir eingefallen, dass der Schlüssel in meiner Hosentasche steckte. Wegen des blöden Notebooks hatte ich abgesperrt. Den anderen Schlüssel trug Danis. Und meine Hose bewachte jetzt Bebisch. Fuck!

Ich jagte wieder auf den Dachboden. Vor der Gäste-zimmertür blieb ich stehen, guckte mich um. Wo konnte ich mich verstecken? Vielleicht kam ich durch das Erkerfenster aufs Dach. Wenn Danis dann Google Earth anschmiss, konnte er auf dem Dach seiner Tan-te gleich einen Nackten bewundern, mich aufnehmen und bei YouTube posten. Egal! Sollte ich mich doch aufs Dach hieven und wie ein Strolch ... äääh ... Storch davonfliegen?

Jemand kam die Treppe hoch. Lena? „Was machst du hier?", zischte ich. „Wenn die dich hier mit mir erwi-schen ..."

„Ja soll ich unten bleiben, während du hier im Haus nackt herumtollst?", fragte Lena. „Auch, wenn man dich hier allein nackt findet, bin ich dran. Dann macht Danis sicher Schluss mit mir. Ein Türke würde doch nie ein Flittchen zur Freundin haben wollen. Wie er-klären wir denen, dass du nackt bist, he? Und nur ich im Haus. Ich bin doch die einzige im Haus ..." Plötzlich guckte sie mich mit weit aufgerissenen Augen an: „Oder?"

„Ja!", sagte ich. „Ich hab mich da drinnen ausge-sperrt." Ich zeigte zum Gästezimmer.

„Wie denn? Wie bist du überhaupt reingekommen. Warum warst du drin? Und nackt noch dazu?"

Am einfachsten schien's mir, die zweite Frage zu beantworten. Ich packte noch mal die Türklinke: „Äääh ... zuerst hab ich die Tür fest gegen den Türrahmen gepresst. So! Dann hab ich die Klinke nach unten gedrückt, wieder zu mir gezogen, mit einem kleinen Schwenker nach oben, etwa in der Mitte des Zugs ...“ Die Tür sprang auf. Sowohl die vom Dachzimmer als auch die Haustür.

„Geh nach unten!“, sagte ich zu Lena und schob sie die Treppe runter. „Und sag Bebisch, dass ich im Wald auf sie warte.“

„Im Wald? Nackt? Bist du wahnsinnig geworden?“

„Geh!“

Lena zuckte mit der Schulter und schlich sich die Treppe runter. Vom ersten Stock hörte ich Danis Stimme leise fragen: „Lena, was machst du hier?“

„Ich warte auf dich!“

„Allah! Wenn Oma dich hier bei mir erwischt ...“

„Wo ist sie?“

„Die hocken alle in der Küche.“

„Ich schleiche mich in mein Zimmer.“

„Okay“, sagte Dani. „Ich warte hier an der Treppe, bis du in deinem Zimmer bist.“

Da war keine Zeit zu verlieren. Aus dem Gästezimmer konnte man nur auf unseren Balkon hüpfen. Und dort würde Dani mich gleich durch die Glastür sehen. Nackt! Jetzt aber HOPP, HOPP! So schnell du kannst! Ich schlüpfte ins Gästezimmer. Und HOPP aus dem Fenster! Unten lag kein zerschellter Mädchenkörper. Dani war noch nicht im Zimmer. Gott sei Dank! Und HOPP vom Balkon runter. Zum Glück war's die Hausrückseite. Nackt schoss ich in den nahen Wald. Ich flog, ich flog!

Nach einer halben Stunde tauchte im Wald Bebisch mit meinen Klamotten auf. Inzwischen hatte ich mir aus Waldblumen einen Minirock geflochten. Voll der Hippie – nur in einem Blumenrock, sonst nackt. „Mein Held, du!", sagte Bebisch, nachdem sie sich ausgelacht hatte. „Leider muss ich gleich zurück. Sonst denkt sich Oma wieder was."

„Scheiße!", sagte ich. „Das Fahrrad! Das haben wir vergessen."

„Ich nicht", sagte Bebisch. „Ich hab's hinter der Scheune versteckt. Du musst dich wieder von hinten heranschleichen und zuerst das Fahrrad holen." Boah! Das Mädchen war nicht nur der Körper unserer Beziehung, sie war auch unser Hirn.

„Was hast du Lena gesagt?", fragte ich.

„Das wir Räuber und Gendarm gespielt haben."

„Gute Ausrede", sagte ich, und Bebisch schlich sich davon.

Der Lebensretter

Am Sonntag stürmten wieder Oma und ich die Küche als erste. Kurz darauf kam auch Leyla herein. Die Kleine musste ihren Dienst als Omas Sprachrohr verrichten. Sonntagsschlaf hin oder her. Oma war ein Frühaufsteher. Ob sie es aber im Bett ohne den verchromten Toaster nicht aushalten konnte oder sie auch in der Türkei so früh aufstand, war mir nicht klar. Ein Frühaufsteher war sie in Franken auf jeden Fall. Ich zu Hause nicht so, nur hier kickten mich trübe Morgengedanken aus dem Bett:

Der letzte Tag hier! Klar freute ich mich auf Neuperlach. Sogar auf die Schule freute ich mich nach diesem ganzen Oma-Stress. Plötzlich aber war ich wieder ganz deprimiert, dass ich ab heute Abend nicht mehr mit Bebisch unter einem Dach träumen durfte. Komisch, oder?

Ich hockte mit einem Marmeladebrot am Küchentisch und Oma glotzte wie immer einen Film im Toaster an. Echt! Sie starrte das Gerät an, als ob dort ein Krimi laufen würde. Leyla stand neben ihr.

„Es gibt keine Toasts mehr!", sagte ich. Leyla übersetzte das, und Oma fiel vor Enttäuschung ihr Kunstgebiss raus. „Oma kann aber Brot reintun!", sagte ich.

Leyla übersetzte und Oma strahlte auf. Ich schnitt für sie ein paar dünne Fladenbrotscheiben. Oma nahm die kleinste in die Hand. Bevor Leyla meinen Tipp übersetzen konnte, dass die Scheibe zu klein für den Toaster ist, warf Oma die Scheibe hinein.

Ich aß mein Brot und harrte der kommenden Dinge. Fertig und HOPP! Doch die Scheibe kam nicht raus, sie war zu klein und blieb tief im Toaster hängen. Oma schickte sich an, ihre Finger in den Toaster zu stecken und die Brotscheibe rauszuklauben.

„Stopp!", brüllte ich. Ohne Leylas Übersetzung abzuwarten, drehte Oma sich zu mir um und hob die Augenbrauen. Aha! Anscheinend hat sie mich verstanden. „Elektrik!", sagte ich.

Und da lächelte mich Oma zum ersten Mal an. „Oh, Elektrik!", sagte sie, nahm einen Metalllöffel von der Spüle und bevor ich gecheckt hatte, was sie damit anstellen wollte, steckte sie den Löffel in den Toaster. Um damit die Brotscheibe zu fischen. Zum Glück stach keine Flamme aus dem Gerät.

Uff! Jetzt musste ich Oma dazu bringen, den Löffel wieder langsam, sehr langsam und vorsichtig aus dem Gerät zu ziehen. Ich machte den Mund auf. Zu spät! Oma ließ auch den Metalllöffel in den Toaster fallen. Entweder war er ihr aus den Fingern gerutscht, oder er war heiß geworden oder was auch immer. Erstaunlicherweise schickte sich Oma jetzt wieder an, ihre

Finger in den Toaster zu stecken, um den Löffel raus-
zuholen.

„Stopp!", schrie ich. „Elektrik!" Mit dem Metalllöffel
drin war das Innere des Toasters eine lebensgefährli-
che Falle.

Oma lächelte zum zweiten Mal. „Oh! Elektrik!", sagte
sie und packte den Toaster mit beiden Händen, um die
Brotscheibe und den Löffel raus zu schütteln. Doch
inzwischen hatte der Löffel im Toaster eine kleine
Sauerei veranstaltet – einen Kurzschluss. Jetzt war
nicht nur das Toasterinnere gefährlich, jetzt stand
auch sein Metallgehäuse unter Strom.

Der Toaster hatte sofort zugegriffen und ließ Oma
nicht mehr los. Das Gerät in beiden Händen haltend
hüpfte Oma rauf und runter, voll auf Strom, ein le-
bendiges Jo-Jo, fast bis zur Decke hüpfte sie, und der
Strom schüttelte sie durch wie einen Derwisch. Dabei
kreischte sie etwas auf Türkisch.

Leyla stand daneben, vor Schock zur Säule erstarrt
und übersetzte mechanisch, wie ein Roboter, was Oma
schrie: „Schaltet mich aus! Schaltet mich aus!"

Plötzlich erwachte Leyla aber zum Leben und wollte
Oma am Handgelenk packen, um sie vom Toaster zu
befreien.

Ich sprang direkt von meinem Sitz zu Leyla. Ein
Jahrhundertsprung! Besser als mein berühmter Fall-
rückzieher beim Fußball in Oberhaching. In BEWE-
GUNG bleiben! Bebisch wäre stolz auf mich.

Ich erwischte Leyla gerade noch rechtzeitig, bevor
sie Oma berühren konnte, und schubste sie auf die
andere Seite der Küche. Noch im Flug griff ich nach
dem Toasterkabel und riss den Stecker aus der Steck-

dose. Oma ließ den Toaster los und stürzte zu Boden. Ich fing sie auf und legte sie sanft hin.

Bewusstlos war sie nicht, sie versuchte sich gleich wieder aufzurappeln. Stark wie ein Ochse, die Oma. Baba und Mediha kamen in die Küche hereingeschossen. Saba, Bebisch und Danis gleich hinter ihnen.

„Er hat mich von Oma weggestoßen!", rief Leyla heulend. Alle starrten mich an. Als hätte ich gerade Oma umbringen wollen und Leyla mich daran gehindert hätte.

Oma stand schon wieder auf den Füßen, noch etwas außer Atem und blass wie ’n Radi. Sie sagte etwas auf Türkisch. Nur einen mickrigen Teil davon habe ich verstanden: „Elektrik!"

„Er hat mir das Leben gerettet", übersetzte Leyla, immer noch schluchzend. „Elektrik!"

Alle glotzten auf den etwas ramponierten Toaster auf dem Boden.

„Ich wollte helfen", sagte Leyla. „Ich wollte Oma vom Toaster nehmen."

„Dann hat Josch auch dir das Leben gerettet", sagte Baba zu Leyla. „Wenn du Oma angefasst hättest, hättet ihr beide unter Strom gestanden."

„Nedir?", sagte Oma. Baba erklärte ihr das auf Türkisch. „Scheiße Elektrik", sagte Oma auf Deutsch. Gar nicht so schlecht. Wenn sie noch ein paar hübsche Ausdrücke lernte, konnten wir bald mal miteinander quatschen. Vielleicht sollte ich Emre überreden, ihr Unterricht im Neuperlach-Deutsch zu geben.

„Oma sollte im Krankenhaus durchgecheckt werden", sagte ich. „Nach einem Stromschlag können noch Stunden später Komplikationen auftreten."

Baba redete auf Türkisch Oma zu. Zuerst wehrte sie sich, endlich nickte sie aber und erklärte ihm irgendwas.

„Ich fahre Oma nach Nürnberg ins Krankenhaus", sagte Baba und drehte sich zu mir. „Oma will, dass du mitkommst." Er seufzte. „Sie meint, du bist der einzige hier, der sich mit solchen Sachen auskennt." Sauber!

Mediha und Saba seufzten auch. Bebisch leuchtete wie eine kleine Sonne auf und schickte sich an, mich zu küssen. Na ja, sie küsste mich dann doch nicht, hier vor Oma, aber kurz hat's danach so ausgeschaut. Glaubt's mir!

☪

Pünktlich zum Mittagessen kehrten wir aus dem Krankenhaus in Sabas Haus zurück. Zum Glück war bei Oma alles in Ordnung. Wie gesagt: Stark wie ein Ochse, die Alte.

Der Liebesretter

Das Sonntagsmittagessen nahmen wir alle draußen am großen Gartentisch ein. Oma setzten wir im Garten in einen gemütlichen Sessel, den wir aus dem Wohnzimmer herausgetragen und neben den Tisch gestellt hatten. Sie wollte nur Ayran trinken und an Schafskäse und Oliven knabbern.

Wir labten uns am Lammfleisch in einer super scharfen, vor Knoblauch brutzelnden Soße. Oma thronte in ihrem Sessel neben unserem Tisch und lächelte milde. Irgendwie hat ihr der Elektroschock die Mundwinkel nach oben gezogen. War wohl 'ne super Therapie für die Oma. Müsste ich mir eigentlich patentieren lassen: Mit Elektroschocks zum Lachen.

Ich zog die Mundwinkel auch nach oben, um zu prüfen, wie lange der Mensch am Stück lächeln kann. Nach einer halben Stunde bekam ich einen argen Muskelkrampf im Gesicht, so habe ich's gelassen. „Von allem zu viel schadet", würde Dok sagen.

Siesta mit Caj. KLINGELING. Dok! Telepathie! „Deine Mutter und ich machen eine Wanderung in Altmülltal“, sagte er. „Ganz nah bei euch. Wann wollt ihr nach Hause fahren?“

„Erst so um 21 Uhr. Wir grillen hier noch am Abend.“

„Wir holen dich ab!“

„Meine Eltern holen mich hier ab“, sagte ich.

Leyla übersetzte wieder fleißig. Zuerst ins Türkische für die Oma und dann von ihr ins Deutsche für mich: „Deine Eltern sollten mit grillen!“ Um Gottes Willen! Dok? Hier?

Baba lachte. „Ja, ruf deinen Papa an! Sie können doch schon am Nachmittag kommen. Ich verstehe mich super mit ihm.“

„Aber kein Alkohol heute!“, sagte Mediha streng. „Ihr beide müsst uns am Abend noch nach München fahren.“

Baba empörte sich: „Ich und Alkohol? Bin doch ein Moslem.“

„Baba!“, sagte Bebisch. Ich rief Dok an.

„Wir kommen um fünf“, sagte Dok.

„Oma bleibt für ein paar Tage bei der Tante“, sagte Danis. „Wenn du nicht bei uns mitfährst, haben wir drei Plätze frei. Wir könnten Schnauze, seine Mutter und Selma nach München mitnehmen, oder? Sie sind bei Schnauzes Oma, haben aber kein Auto.“

„Was?“ rief Mediha. „Selma war das ganze Wochenende mit Schnauze zusammen? Das haben ihre Eltern erlaubt?“

„Selmas Eltern denken, Selma ist mit uns hier bei Saba.“ Ganz schön frech geworden, mein türkischer Freund und zukünftiger Schwager Danis. Irgendwie aber auch schön, dass er das seinen Eltern sagen konnte. Sie würden Selma und Schnauze nicht verpfeifen. Sich wundern allerdings schon.

„Waas?", sagte Mediha.

„Wie bitte?", sagte Saba.

„Allah!", sagte Baba, packte aber die kleine Leyla an der Hand und führte sie von Oma weg, die jetzt zum Glück sowieso in ihrem Sessel schlummerte. Leyla musste ja nicht alles übersetzen.

„Können die nicht auch herkommen?", fragte Danis Tante Saba.

Wir guckten Saba an. Plötzlich kicherte sie. „Von mir aus", sagte sie. „Sag ihm aber, er soll angezogen kommen. Oma ist noch nicht ganz wiederhergestellt." Da lachten wir alle.

„Kannst du mir dein Handy borgen?" Danis rief Schnauze an. Er redete mit ihm, und drehte sich dabei zu Baba. „Wahrscheinlich wär's doch besser, wenn wir die drei auf der Rückfahrt nach München abholen. Auch Schnauzes Oma hat kein Auto, um sie her zu bringen."

„Ich hole sie vorher ab", sagte Baba.

„Das wär doch besser so", sagte Saba. „Wir machen hier eine kleine Grillabschiedsparty. Ich habe einen ganzen Batzen Kalbsfleisch für unseren Dönergrill."

„Lecker!"

„Mein Vater kann bei Schnauzes Oma vorbeifahren und sie abholen", sagte ich. „Meine Eltern sind sowieso unterwegs." Ich rief Dok noch mal an.

„Alles klar", sagte Dok.

Baba warf wieder einen Blick auf die im Sessel schlafende Oma. „Aber zu Oma kein Wort davon, dass Selma ihre Eltern ausgetrickst und mit Schnauze unter einem Dach übernachtet hat", sagte er. „Sollte Oma fragen, sind Schnauze und Selma heute aus München angereist, und dein Vater hat sie in Nürnberg am Bahnhof abgeholt."

„Mama?", fragte Leyla, die sich wieder herangeschlichen hatte. „Darf ich so lügen?"

Saba kam ins Stottern, bekam aber gleich die rettende Idee: „Du sagst zu Oma einfach gar nichts über Selma und Schnauze. Du weißt ja von nichts. Dich wird sie danach sicher nicht fragen. Wenn, fragt sie mich oder Mediha. Wen sonst? Und wir dürfen hin und wieder lügen. Wenn es einer guten Sache dient. Wir sind erwachsen!"

„Krass!", sagte Danis, aber keiner beachtete ihn. Das Thema musste sowieso abgeschlossen werden, weil Oma sich wieder rührte. Damit Leyla aus Versehen nichts Ungehöriges übersetzte.

Omas Augen gingen auf, sie starrte mich an. Wohl unter der Wucht eines Traums. Oder Albtraums! Scheißeee! Was heckte sie denn jetzt wieder aus?

„Josch!", kam aus Leylas Mund das erste Wort von Oma heraus. Um den Gartentisch wurde es still. Ganz still. „Du hast mir und Leyla das Leben gerettet. Was kann ich für dich tun?"

Aber hallo! Vielleicht konnte sie eine Woche lang für mich meine Schulbrotzeit vorbereiten ... Doch manchmal überkommt mich ein solcher Leichtsinn. Weiß nicht, wo der herkommt. Ich werde wohl nie in eine Spielbank gehen können. Denn wenn der Leichtsinn über mich kommt, und das passiert mir oft genug, setze ich alles auf eine Karte. Echt alles. So auch jetzt: „Ich möchte Bebisch zur Freundin haben!“, rutschte es aus mir heraus. Jawohl! Grabesstille.

Nur Baba rief plötzlich: „Leyla“ und schüttelte den Kopf: „Nicht übersetzen! Bitte, nicht übersetzen!“ Doch Leyla übersetzte schon.

Oma wurde blass wie Cacik. Nur ihr Kopftuch blieb schwarz. Fünf Minuten herrschte im Garten eine Mordsstille. Wir starrten Oma an, Oma starrte das große Kuchenmesser auf dem Tisch an. Was jetzt?

Oma dachte so brutal nach, dass ich förmlich ihre Gedanken lesen konnte. Auch wenn sie auf Türkisch waren: „Was mache ich jetzt? Er hat mir und meiner Lieblingsenkelin das Leben gerettet. Und ich habe versprochen, ihm jeden Wunsch zu erfüllen. Kann ich jetzt noch zurück? Auf keinen Fall! Das ist eine Frage der Ehre! Die Ehre ist bei uns Türken das Wichtigste. Nicht wie bei den Deutschen. Sich nackt vor fremden Mädchen zu präsentieren ...“

Ja, solche Gedanken gingen Oma sicher durch den Kopf. Das mit dem Küchenmesser konnte sie sowieso vergessen, so geschwächt sie noch war vom Elektroschock. Deswegen riss sie endlich ihren Blick vom Messer und guckte uns an. Sie machte den Mund auf, sagte etwas und aus Leylas Mund kam: „Und wer wird jetzt Danis Mathe beibringen?“

Zur Abwechslung guckten wir uns an. Baba Mediha, Mediha Bebisch, Bebisch mich, Danis Baba. Ja, das gab's doch nicht? Was hat Oma grade gesagt? Sie lachte. Zum ersten Mal laut, gleich wurde Oma aber wieder ernst. Sie schickte Leyla ins Haus und winkte Baba zu sich. So musste jetzt Baba als Übersetzer herhalten:

„Oma sagt, du kannst Bebischs Freund sein, wenn sie das auch will. Aber kein Sex vor der Ehe!"

„Können wir dann nächste Woche heiraten?", fragte ich. Selbstverständlich nicht laut. Besser ich sagte gar nichts. Oma wollte auch keine Antworten von mir. „Und du lernst Türkisch!", legte sie Baba in den Mund. „Ich habe auch schon Deutsch gelernt." Diesen Satz hatte Baba zwar übersetzt, wunderte sich aber ein bissl über ihn: „He?"

„Scheiße Elektrik!", sagte Oma.

„Evet!", sagte ich.

Oma redete weiter mit Baba und ihm weiteten sich die Augen: „Ich werde das in der Hochzeitsnacht persönlich prüfen, ob Bebisch noch Jungfrau ist." Oma guckte mich mit einem strengen Blick an. Verdammt! Na ja, was soll's. Mir war alles recht. Wir waren ja erst sechzehn. Mit Prüfungen kannten wir uns aus. Wenn Bebisch bis zu unserer Hochzeit Jungfrau blieb, dann blieb ich's auch. Oma konnte in der Hochzeitsnacht bei uns beiden nachprüfen, ob wir noch Jungfrauen waren. Mir egal!

Nur unter uns aber, Leute: Klar habe ich Oma nichts versprochen. Ich verspreche nicht etwas, was ich nicht halten kann. Zum Glück wollte Oma kein Versprechen von mir. Gute Entscheidung!

☪

Bei der Grillparty in Sabas Garten übertraf Napoleon sich selbst. Dok hatte ihm türkischen Honig versprochen. Dafür führte Napoleon der Familie seine besten Kunststücke vor: Auf den Hinterpfoten laufen, über ein Springseil springen, sogar einen Salto machte Napoleon zur allgemeinen Begeisterung.

Oma lachte wie ein Kind. Heute würde Napoleon ein fettes Stück Kuchen bekommen. Doch am Ende seiner Show lehnte Napoleon das süße Leckerli einfach ab. „Ist er krank?", fragte Dok besorgt. Napoleon hüpfte auf den Tisch, schnappte sich ein Lammkottelet und verzog sich damit unter den großen Apfelbaum in der Gartenecke. Der Hammer! Der Hund fraß Fleisch! War er krank?

☾

Vor der Scheune brutzelte ein Batzen Kalbfleischscheiben an der Grillstange, mit Tomaten, Knoblauch und anderen Wunderdingen der Natur durchsetzt. Baba schnitt jedes gerade gebratene Fleischstück mit einem elektrischen Dönermesser runter, Danis schnitt die Fladenbrote auf, Bebisch belegte sie mit Fleisch, Salat, Tomaten, Zwiebeln und Cacik.

Bebisch blieb mit einem großen Silbertablett voller Döner vor Dok stehen. „Scharf?"

„So scharf wie es nur geht!" Dok nahm den angebotenen Döner und sagte in die Stille des Abends, als alle ihn und die frisch bereiteten Döner auf Bebischs Tablett voller Sehnsucht anstarrten: „Du bist ein echtes Dönerröschen!" Bebisch wurde rot wie Holunderbionade.

Ich guckte mich um. Fassungslos glotzten alle Dok an. „Dönerröschen?", fragte sich sicher jeder. „Was soll der Scheiß? Hä?" Peinlich, peinlich! Dok! Was tust du mir wieder an?

245

Nur Dok merkte gar nichts und biss mit Inbrunst in seinen Döner. Kurz mampfte er und sagte dann: „Voll geil!" Und da schmiss es Baba vor Lachen vom Stuhl.

Alle ließen sich von dem Lachanfall anstecken, nur Bebisch und ich standen da und guckten uns an. „Dönerröschen?", sagte Bebisch. „Warum nicht?"

„Komm mit dem Döner her, Prinzessin!", rief Baba.

Irgendwie haben wir uns alle entwickelt: Dok zu einem beneidenswerten Vater, Anne zu einer Abenteuerin, die sogar nach Franken zum Wandern kam, Dönerröschen zu einer Prinzessin, ich zu einem Helden und der Hund zu einem Hund. Jedem das Seine.

☪

Es war zwar noch hell, trotzdem hockten wir ums Lagerfeuer. Dok erzählte Oma männerfeindliche Witze. Mit Hilfe von Leyla. Oma schaute zwar krass irritiert dabei, wehrte sich aber nicht. Schon klopfte ihr Dok auf die Schulter, als er ihr einen neuen Kalauer ums Kopftuch hauen wollte. Ich hoffte nur, er würde nicht noch vertraulicher werden und Oma auf den Hintern klatschen. Bei Dok war alles möglich.

Irgendwann war Oma aber doch erschöpft. Nachwirkungen des Stromschlags. Sie erhob sich schwerfällig, Saba begleitete sie ins Haus. Bald kehrte sie zurück. Oma schlief.

Am Feuer loderten die Reden hoch. Die Erwachsenen waren beim Geld gelandet. Wo ist es am billigsten? Wo verdient man am besten? Und so Zeugs. Das schien sie alle ungemein zu interessieren. Napoleon schmuste mit den zwei fetten Katzen. Ungewöhnliche

Dinge geschahen! Als ob diese verrückte Welt bald untergehen würde.

In einer Gruppe verließen wir das Lagerfeuer: Bebisch, Selma, Lena, Danis, Schnauze und ich. Erst an der nahen Waldkreuzung teilten wir uns in Paare auf. Unsere Wege trennten sich. Es gab hier drei, die wir nehmen konnten: Den linken wählten Selma und Schnauze, den rechten Lena und Danis, Bebisch und ich blieben in der Mitte.

Bald waren wir allein. Nur der Wald und wir. Das Dönerröschen und ihr Prinz. Das war ich heute, oder? Bei so viel unverhofften Glücks!

„Du bist mit mir nach Franken gekommen und hast alle Prüfungen überstanden", sagte Bebisch. „Jetzt möchte ich auch etwas Schönes für dich tun."

„Ja!", rief ich. „Etwas Schönes mit mir!" Hola! Gleich würde der Korken knallen, bald sollte ich zum glücklichsten Mann der Welt werden.

Doch Bebisch dachte nicht an die Körperfreuden. „Wann besucht ihr wieder deinen Bruder in der Schweiz?", fragte sie. „Im Sanatorium!"

„Meinen Bruder?" Plötzlich erinnerte ich mich, wie Dok sich damals am Parkplatz vorm PEP herausgeredet hat. „Aaah, meinen Bruder ... den besuchen wir nächstes Wochenende." Scheiße! Jetzt war's draußen. Jetzt konnte ich das Wochenende nicht mehr mit Bebisch verbringen. Auch das sollte sich aber gleich als Irrtum herausstellen.

„Das ist super!", rief Bebisch. „Ich komme mit!"
„Wohin?"
„Na, in die Schweiz! Ich möchte deinen Bruder kennenlernen."

Alles klar. Und was jetzt? Ach, was soll's! Irgendwas wird mir schon bis zum nächsten Wochenende einfallen. Hatte ja fünf Tage Zeit dafür.

☪

„Aber das da ... nö! Das nicht! Das geht nicht. Das können wir erst machen, wenn ich ...“

„Das ist doch schön!“

„Kann sein!“, sagte sie. „Aber damit müssen wir noch etwas warten.“

„Bis nach der Hochzeit? Wie's deine Oma will?“

„Nö! Nicht so lange!“

„Bis nach dem Abi?“

„Vielleicht?“

„Scheiße!“

„Hi, hi, hi ... nö! Nicht bis nach dem Abi. Früher!“

„Wann denn?“

„Nach ... nach dem Ramadan!“

„Echt? Wird's Oma aber in unserer Hochzeitsnacht nicht herauskriegen? Dass wir zusammen ...“

„Türkische Mädchen kennen viele Tricks. Eine Jungfrau zu spielen, ist kein großes Problem.“

„Könnten wir das dann nicht doch noch vor dem Ramadan machen? Was, wenn ich bis dahin von einem Auto überfahren werde? Was dann?“

„Du wirst es überleben!“

„Was soll ich bis dahin machen?“

„In Bewegung bleiben.“

„Eben!“

„Nicht so!“

Krass! Immer musste sie das letzte Wort haben.